宝石之国

11

市川春子

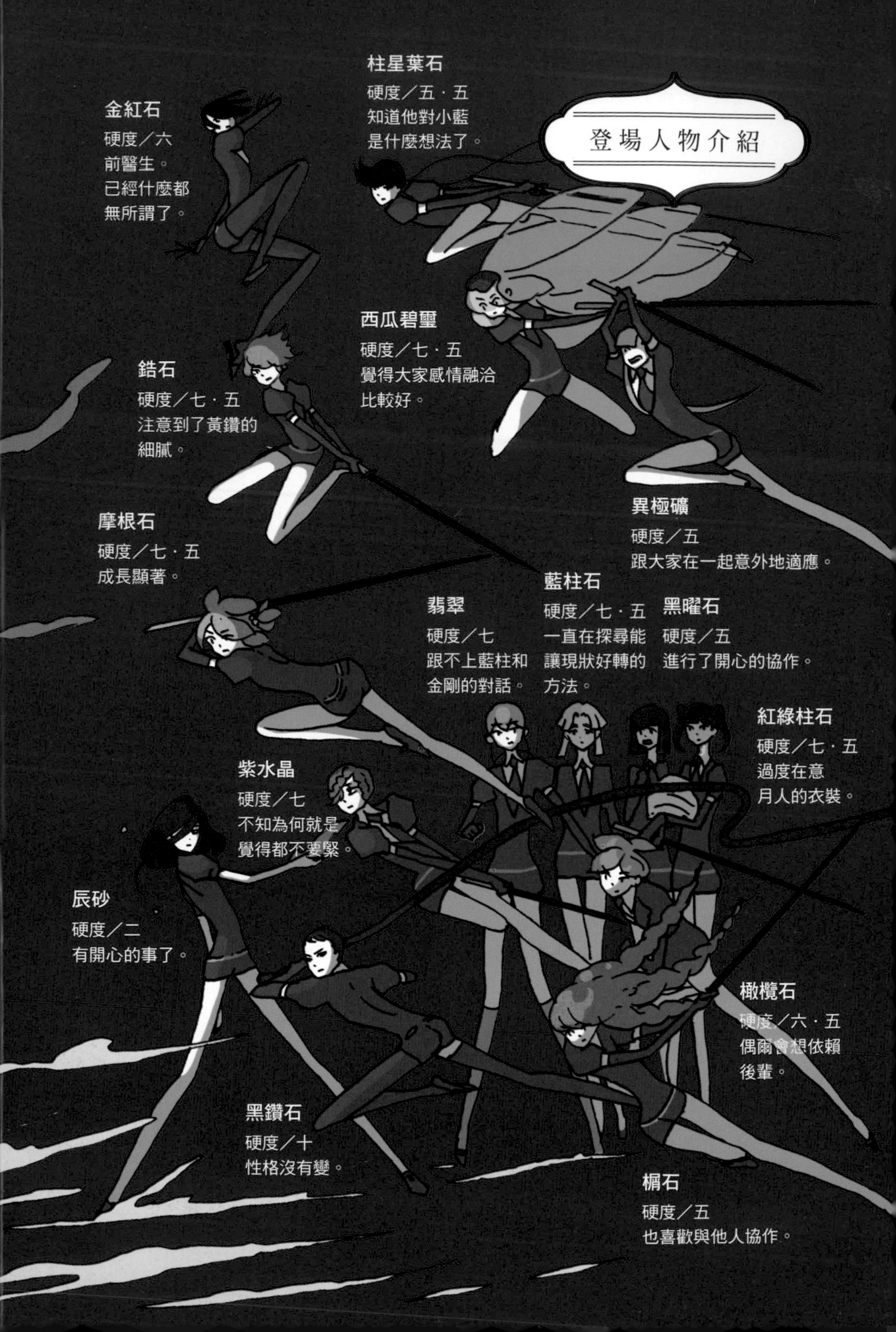
登場人物介紹
杜星葉石
硬度／五・五
知道他對小藍
是什麼想法了。
金紅石
硬度／六
前醫生。
已經什麼都
無所謂了。
西瓜碧璽
硬度／七・五
覺得大家感情融洽
比較好。
鋯石
硬度／七・五
注意到了黃鑽的
細膩。
異極礦
硬度／五
跟大家在一起意外地適應。
摩根石
硬度／七・五
成長顯著。
藍柱石
硬度／七・五
一直在探尋能
讓現狀好轉的
方法。
翡翠
硬度／七
跟不上藍柱和
金剛的對話。
黑曜石
硬度／五
進行了開心的協作。
紅綠柱石
硬度／七・五
過度在意
月人的衣裝。
紫水晶
硬度／七
不知為何就是
覺得都不要緊。
辰砂
硬度／二
有開心的事了。
橄欖石
硬度／六・五
偶爾會想依賴
後輩。
黑鑽石
硬度／十
性格沒有變。
榍石
硬度／五
也喜歡與他人協作。

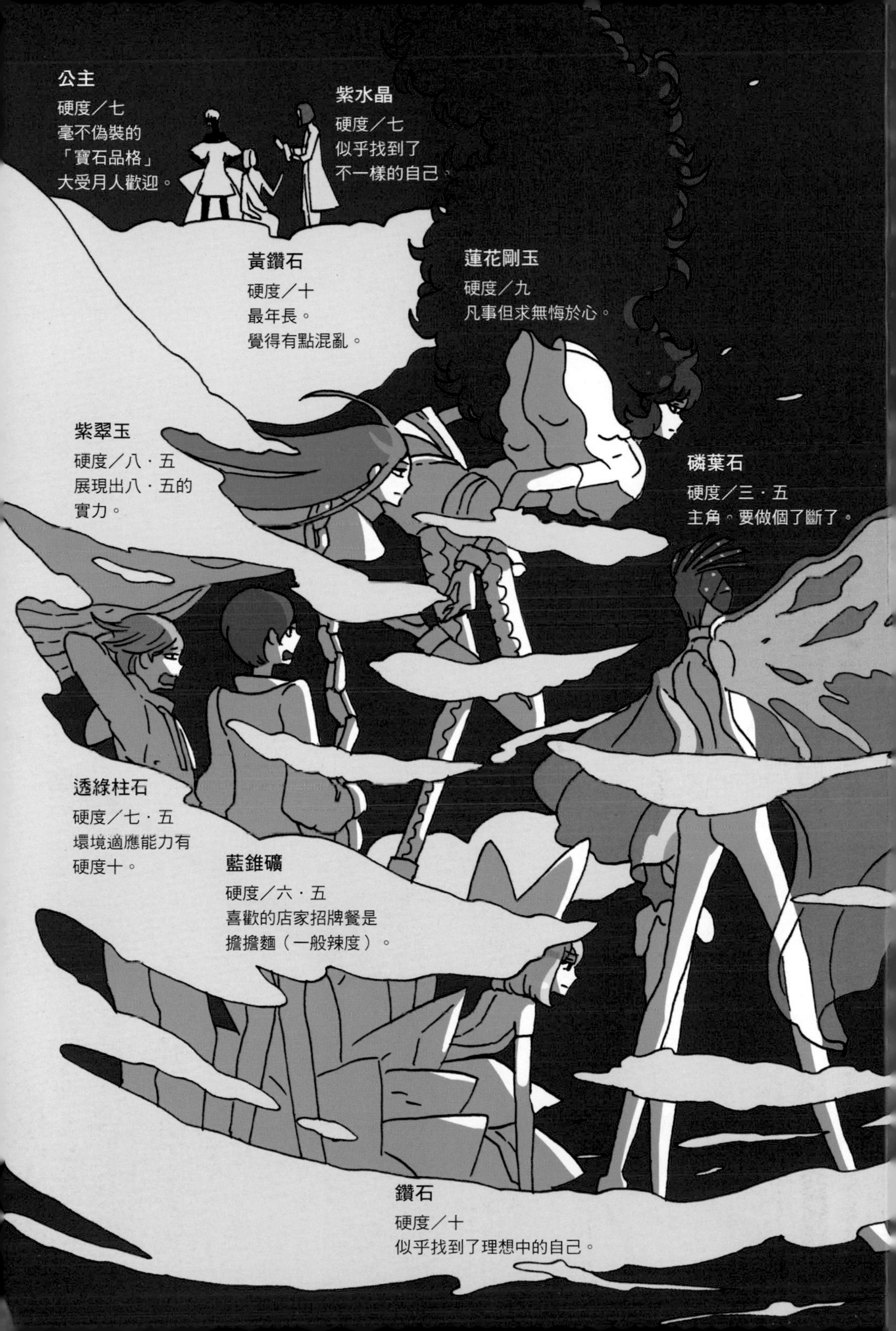
公主
硬度／七
毫不偽裝的
「寶石品格」
大受月人歡迎。
紫水晶
硬度／七
似乎找到了
不一樣的自己。
黃鑽石
硬度／十
最年長。
覺得有點混亂。
蓮花剛玉
硬度／九
凡事但求無悔於心。
紫翠玉
硬度／八・五
展現出八・五的
實力。
磷葉石
硬度／三・五
主角。要做個了斷了。
透綠柱石
硬度／七・五
環境適應能力有
硬度十。
藍錐礦
硬度／六・五
喜歡的店家招牌餐是
擔擔麵（一般辣度）。
鑽石
硬度／十
似乎找到了理想中的自己。

目次

第八十話 三族

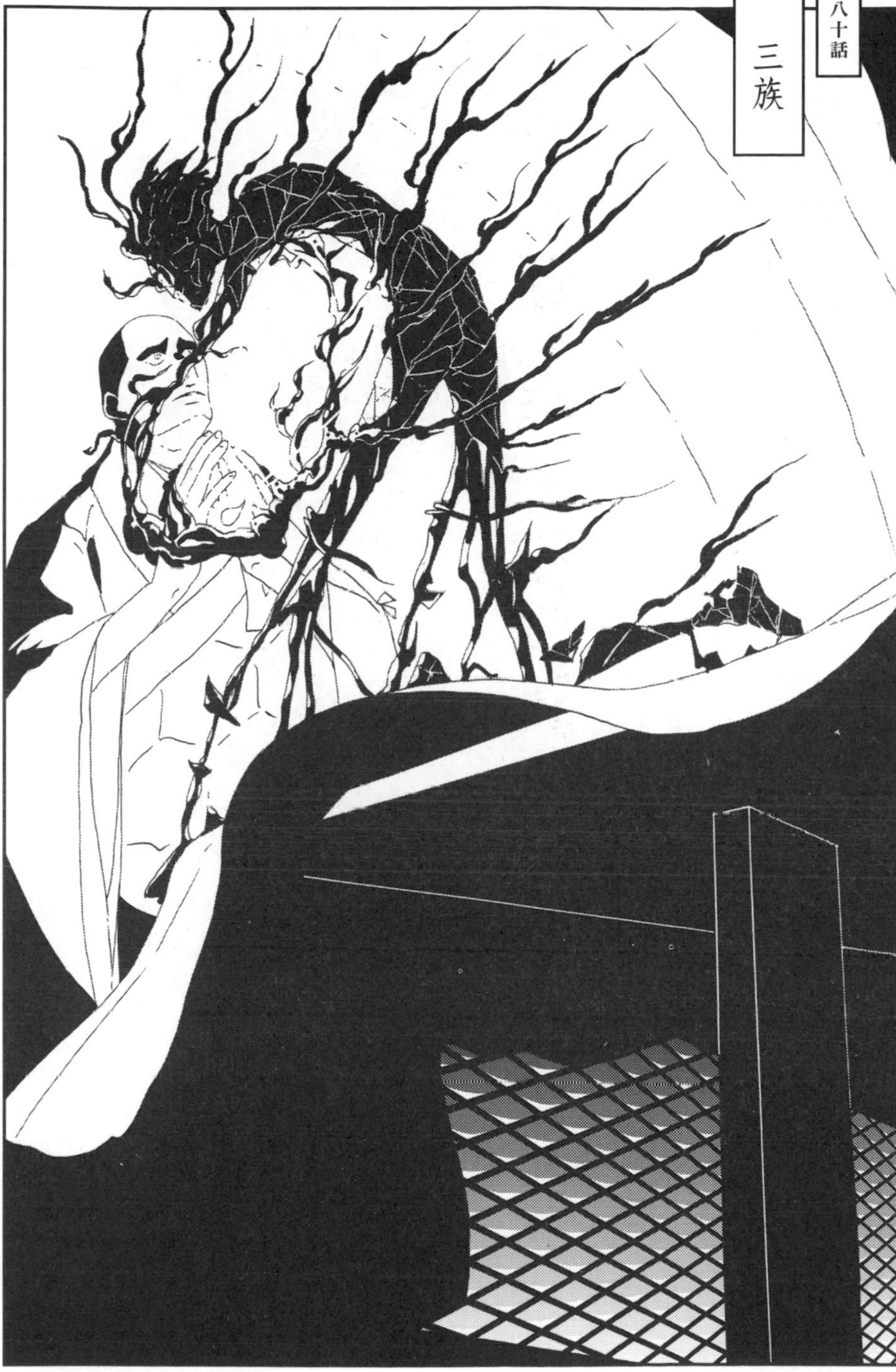

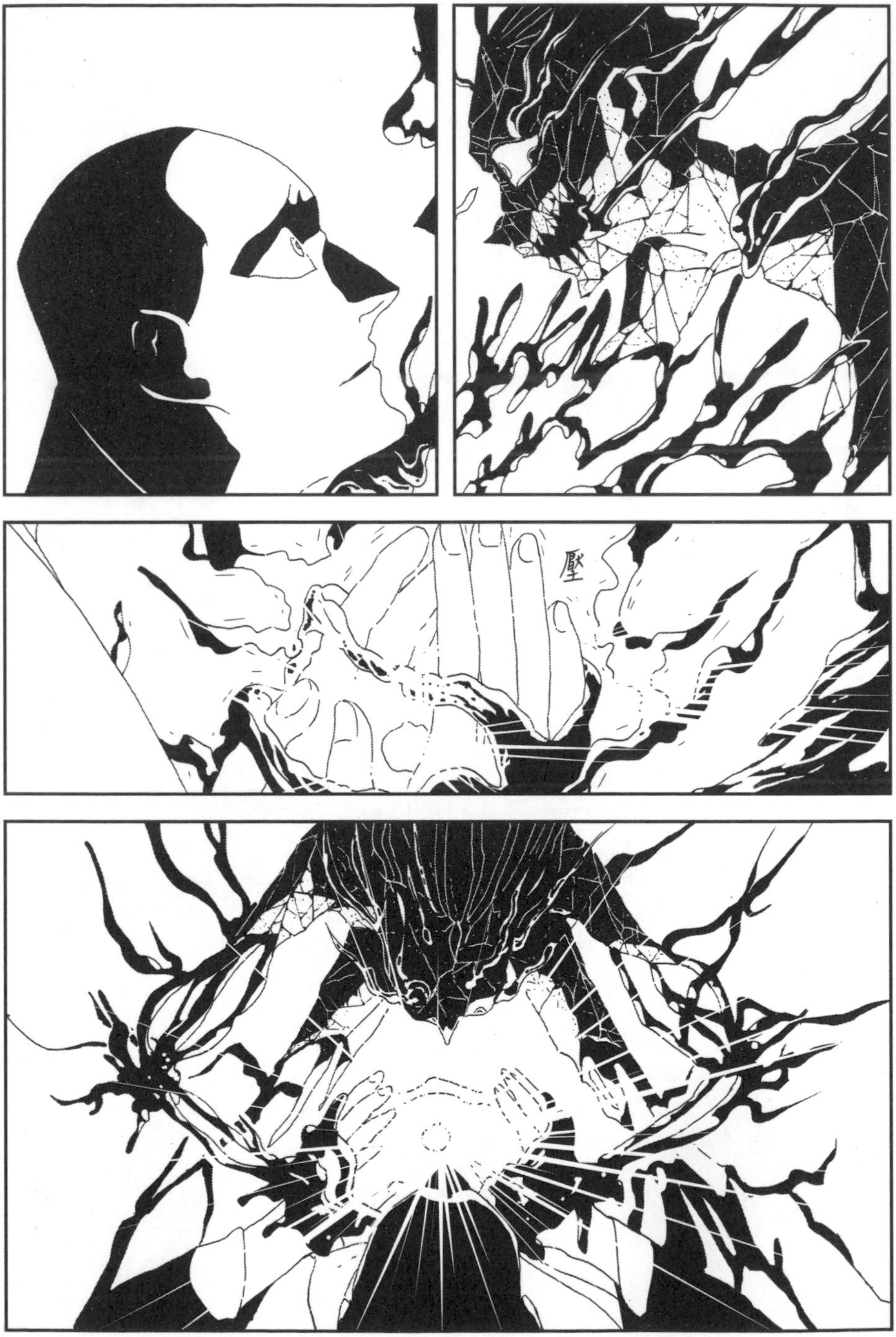
壓

唰
時候到了嗎？

磷葉石被重組，
金剛再次起動。
他成功認同磷葉石了。
來。
一起去吧。

噗嘶
啊……？
哦……
真的假的……

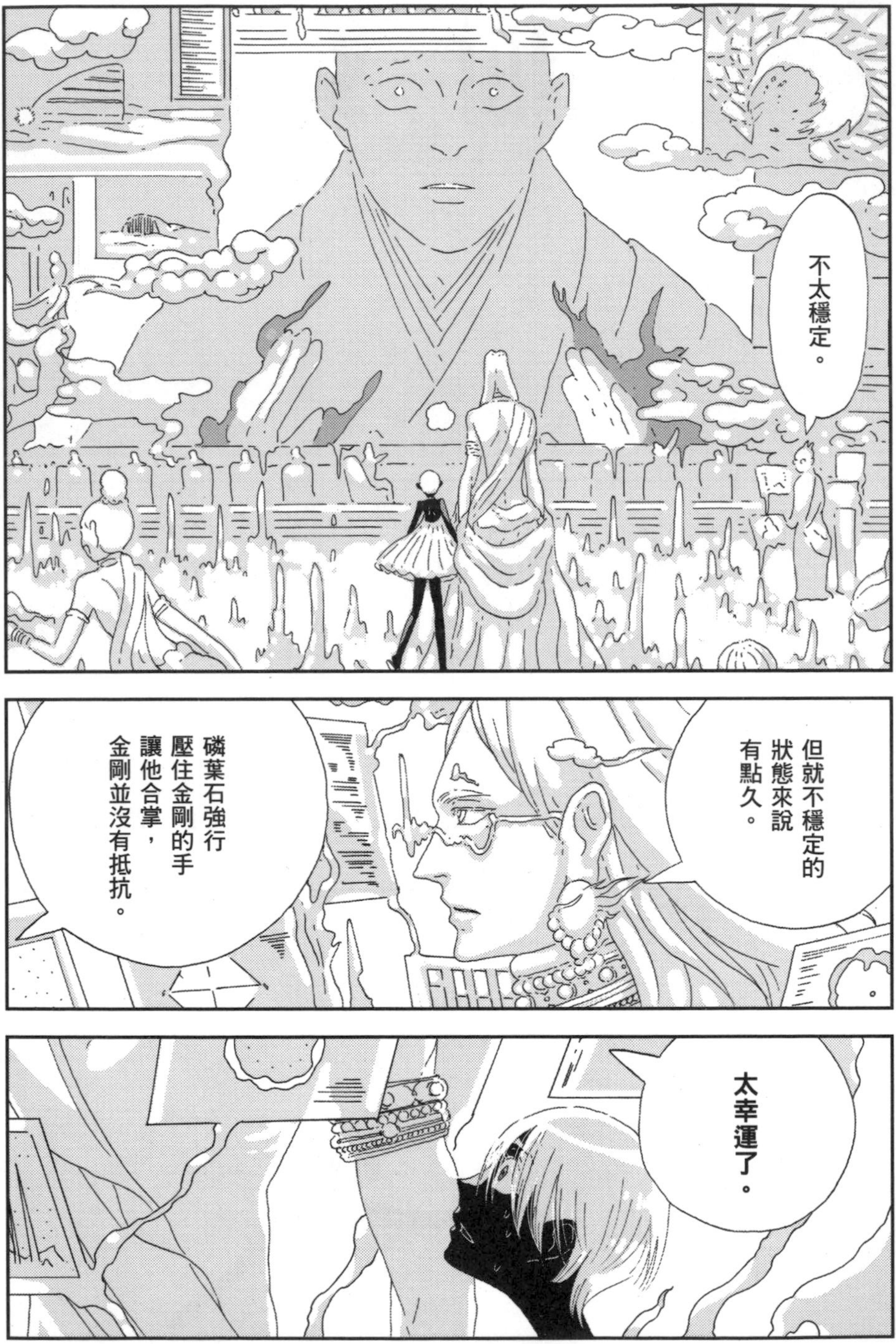
不太穩定。
但就不穩定的狀態來說有點久。
磷葉石強行壓住金剛的手讓他合掌，金剛並沒有抵抗。
太幸運了。

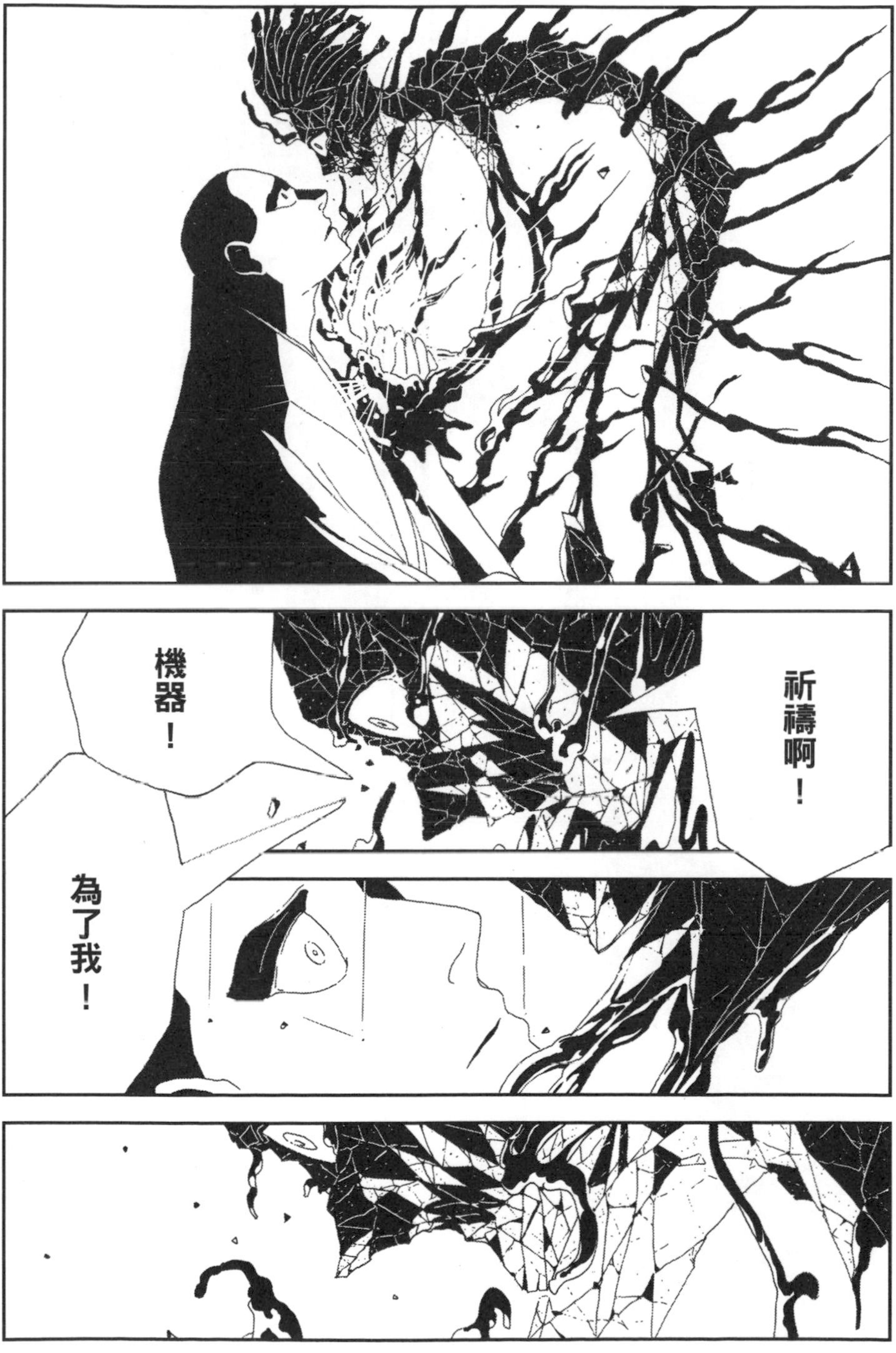
祈禱啊！
機器！
為了我！

要是沒有你就好了。

過了一百二十分鐘。
已經穩定超過線形的百分之三十一・二。
幫我準備向國民廣播。
是。
我是艾庫美亞。

已經確認金剛啟動了。
接下來如果祈禱發動，影響到月亮的時間將是，
二十一分鐘後。

各位，
請加快腳步。

回到你們的家。

二十一分鐘，
的話，
那，還可以再唱五首！
ウオー!!!
喔喔
ダイヤちゃーん!!
小鑽～
大家！
直到最後都要開開心心唷！

噠噠噠噠噠噠噠噠噠
最後想要吃小紫翠煮的飯啦～
瞭解。
我的研究只能讓老師看到一半，好可惜。
是呀。
在月亮這裡學了那麼多開心嗎？
開心！
非常開心！

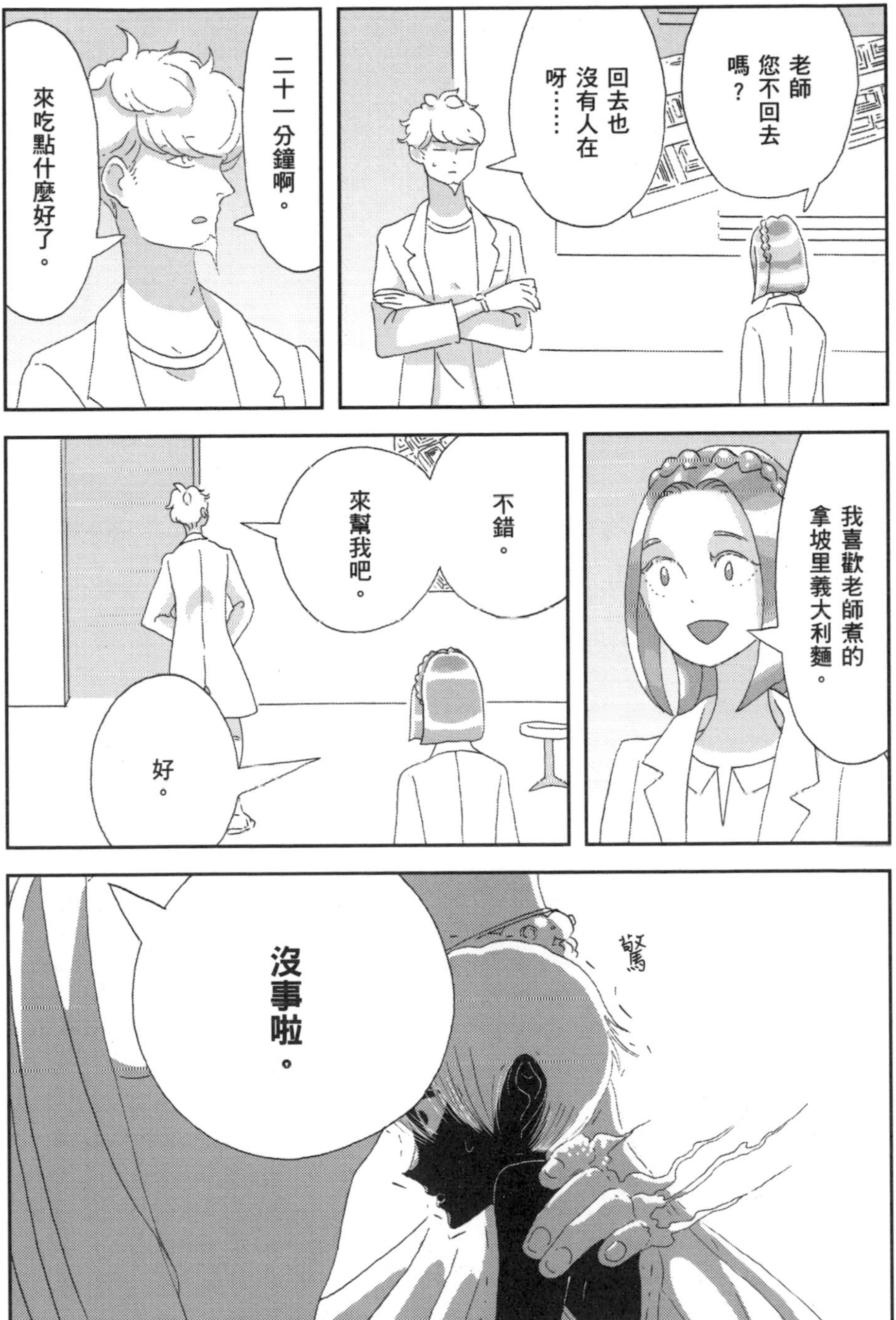
老師您不回去嗎？
回去也沒有人在呀……
二十一分鐘啊。
來吃點什麼好了。
我喜歡老師煮的拿坡里義大利麵。
不錯。
來幫我吧。
好。
驚
沒事啦。

什麼沒事！
你預想的對了一半。
什麼!?
你不是曾說「如果我們黏在一起就能一起變成虛無了」？

啊？
正確來說，
因為金剛已經損壞，無法控制自己的能力，
一旦他祈禱，

所有以人類為祖先的事物，全部都將化為虛無。

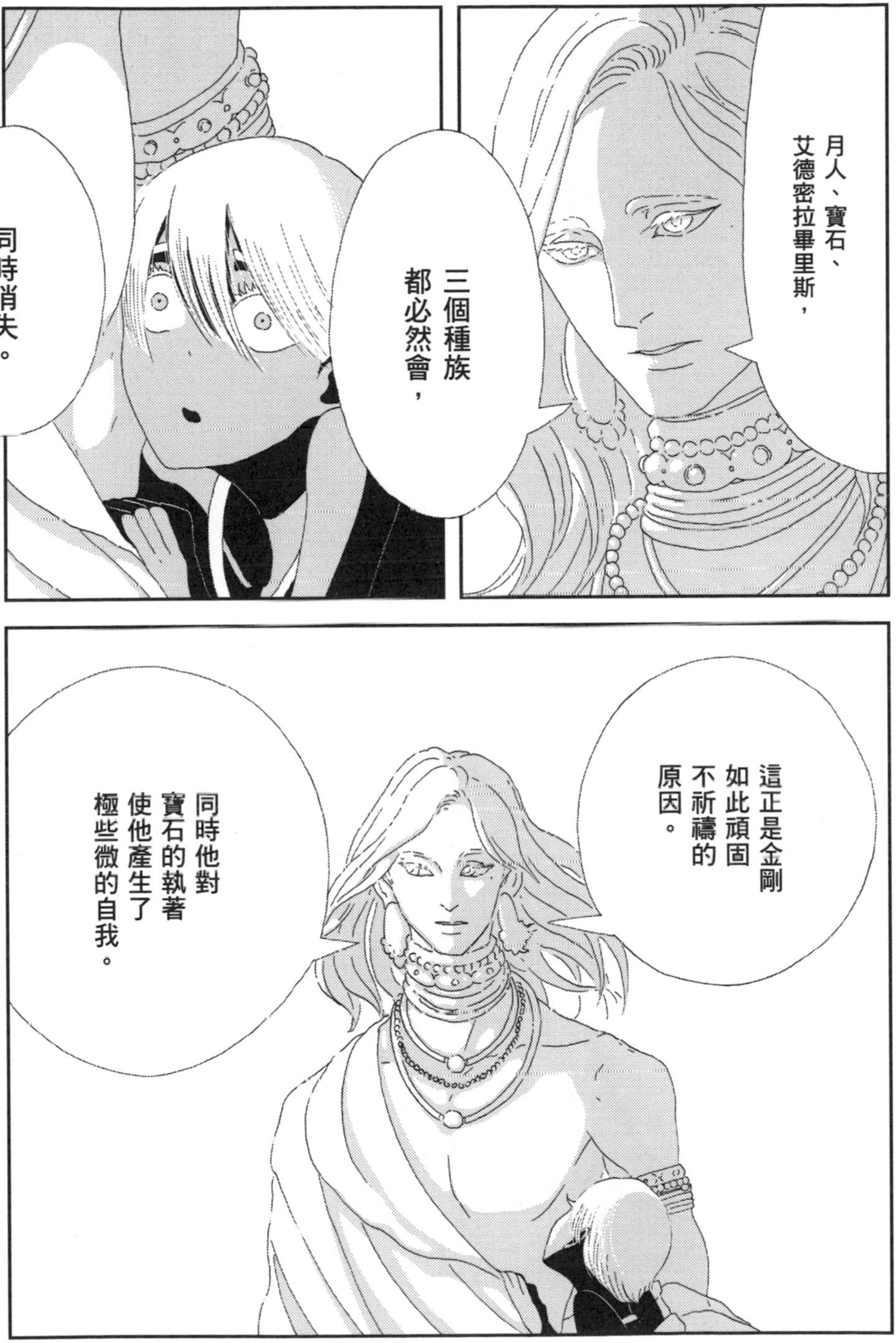
月人、寶石、艾德密拉畢里斯，
三個種族都必然會，
同時消失。
這正是金剛如此頑固不祈禱的原因。
同時他對寶石的執著使他產生了極些微的自我。

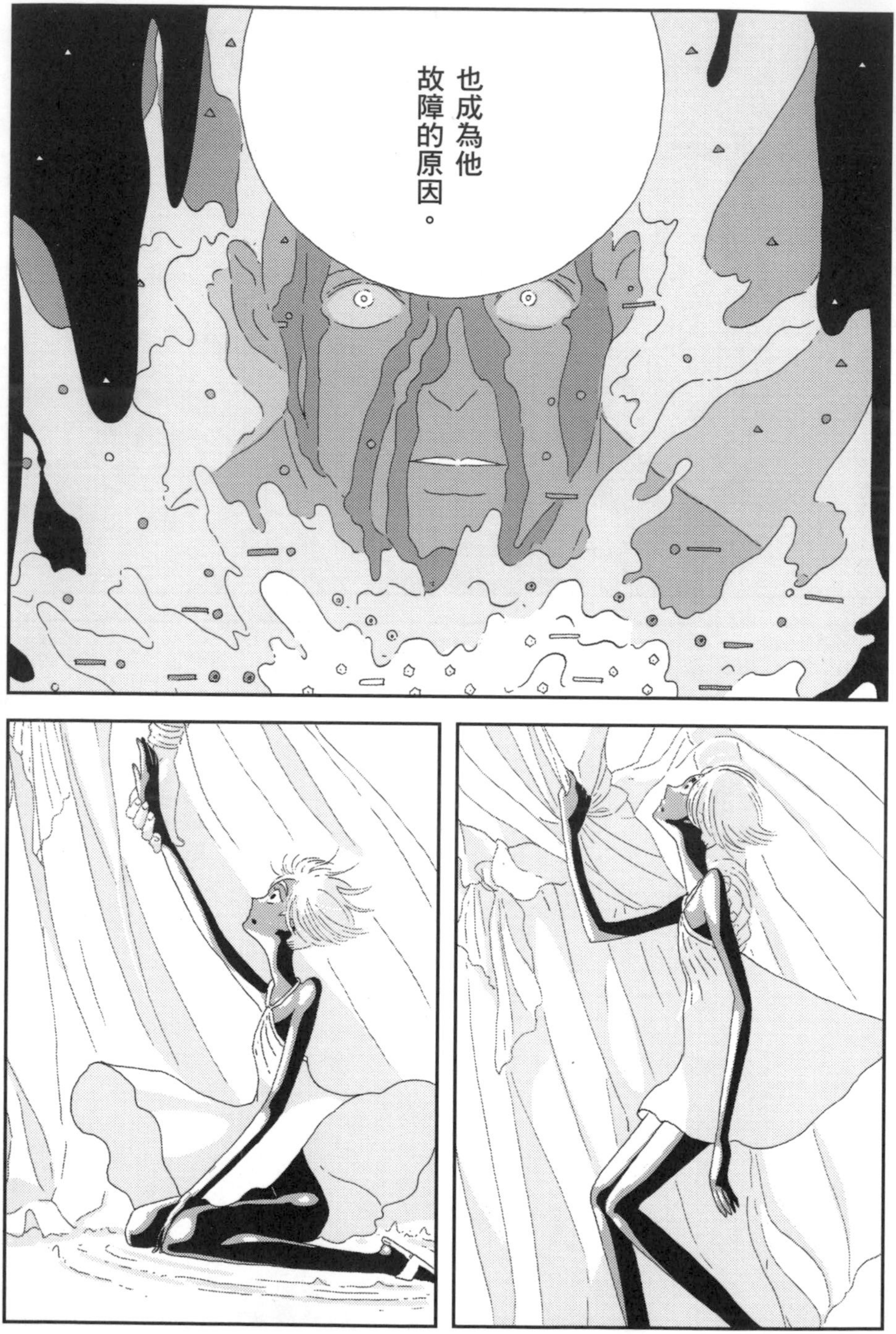
也成為他
故障的原因。

笨蛋！
搖晃
哈哈哈。
搖晃
笑什麼笑！你這混蛋！
你們這種礦物生命體，

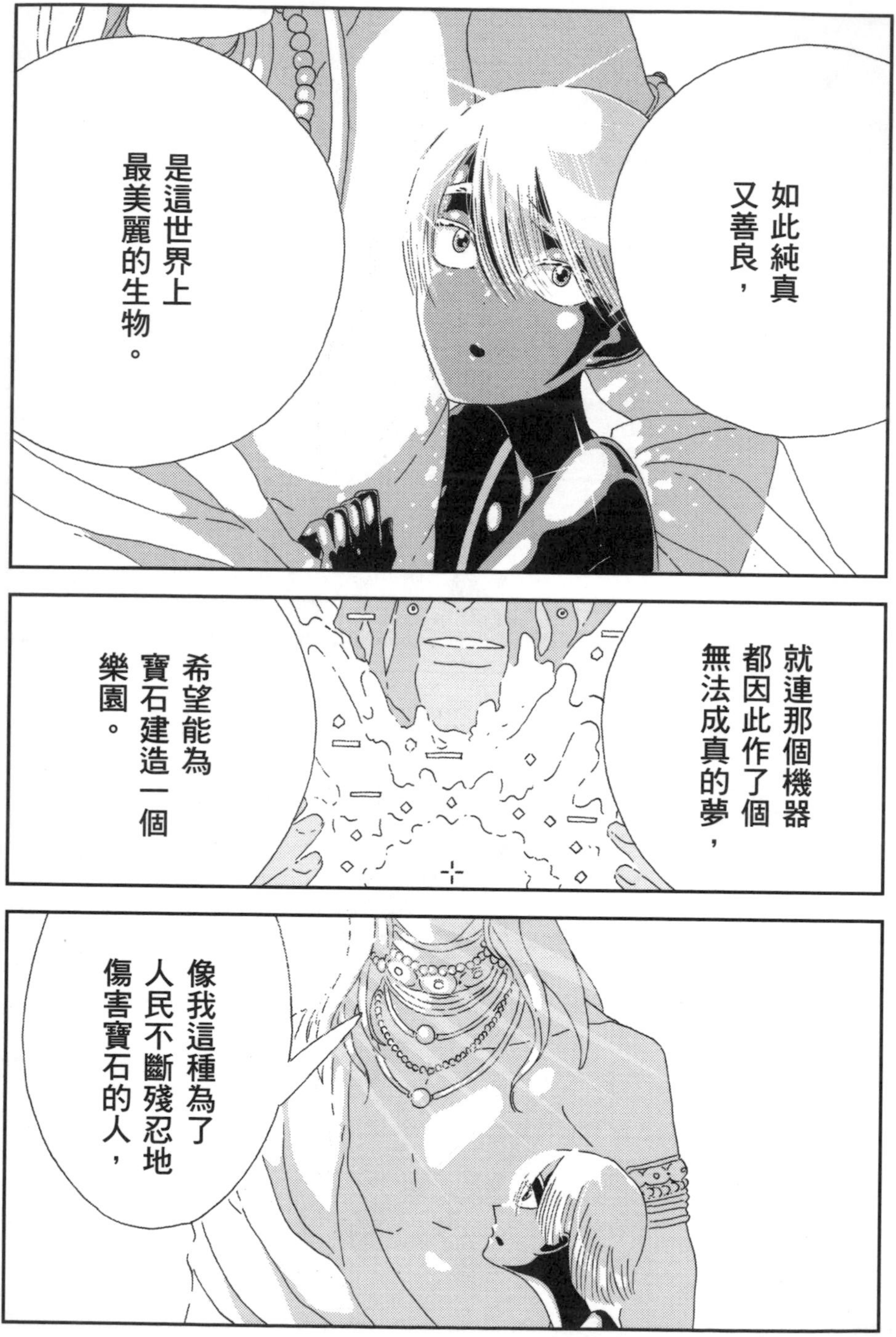
如此純真又善良，
是這世界上最美麗的生物。
就連那個機器都因此作了個無法成真的夢，
希望能為寶石建造一個樂園。
像我這種為了人民不斷殘忍地傷害寶石的人，

都能理解金剛發狂的心情。
大家都回家了。
好無聊。

〔第八十話　三族〕　終

第八十一話 紀念品

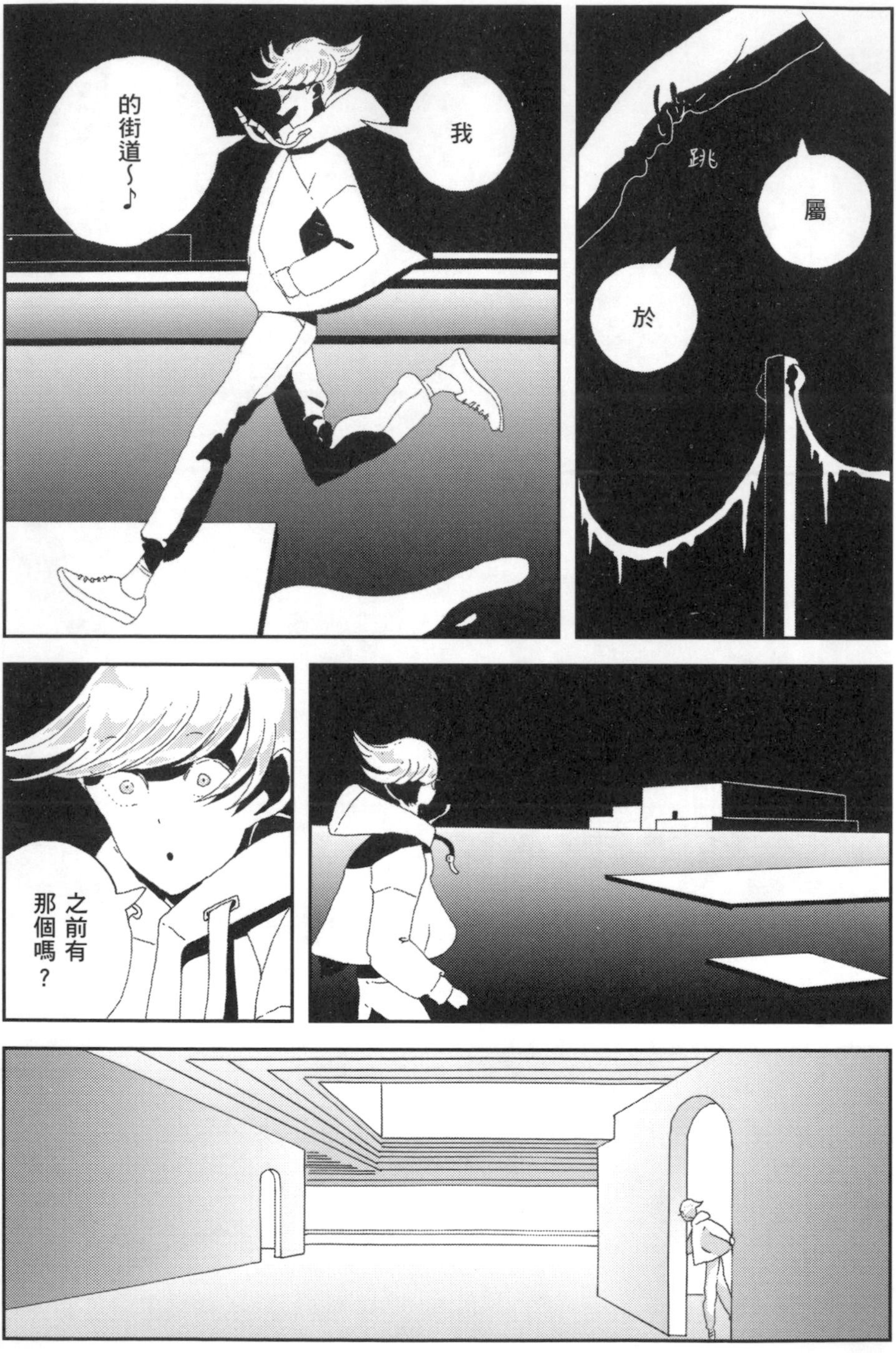
我
的街道～♪
屬
於
跳
之前有
那個嗎？

大~哥~
原來你在這啊！
月人要邁向虛無了呢。
小磷 成功了嗎？
或許喔。
是嗎……

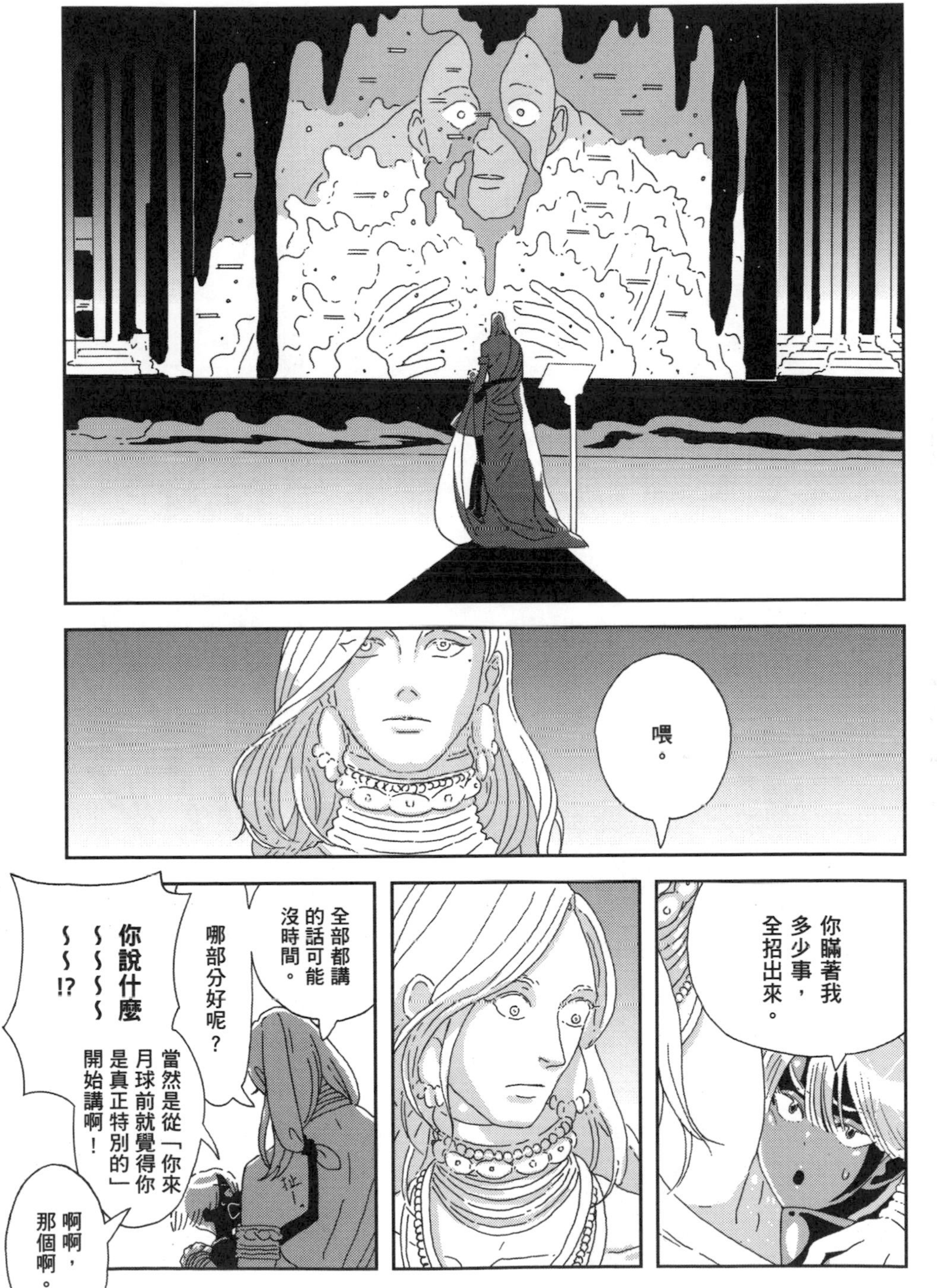
喂。
你瞞著我多少事，全招出來。
全部都講的話可能沒時間。
哪部分好呢？
你說什麼～～～～～～!?
當然是從「你來月球前就覺得你是真正特別的」開始講啊！
啊啊，那個啊。

嘶

喀
喀
喀
喀
喀
喀
哩
劈

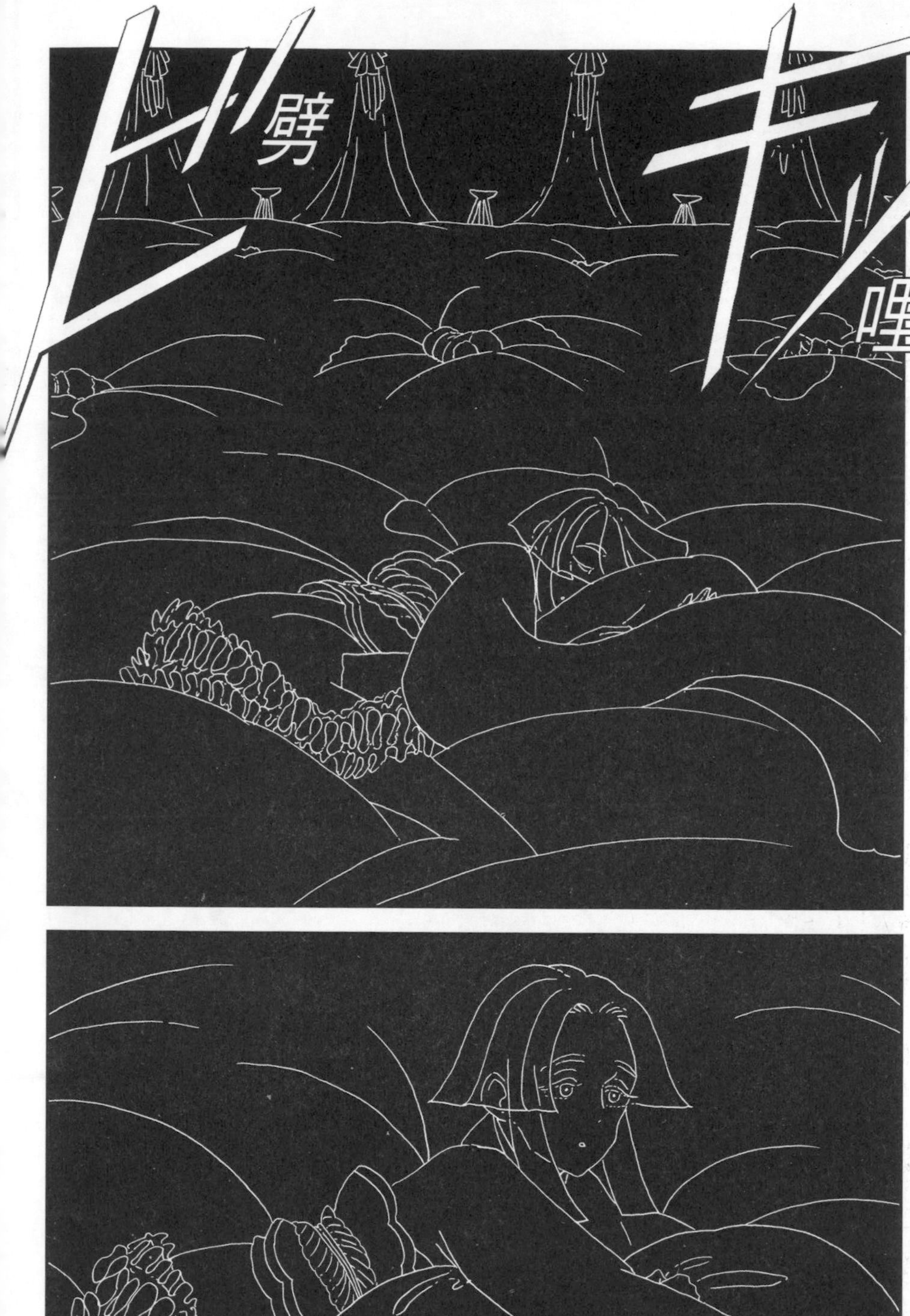
ビ劈
キッ哩

小磷!?
咻
你是小磷吧？

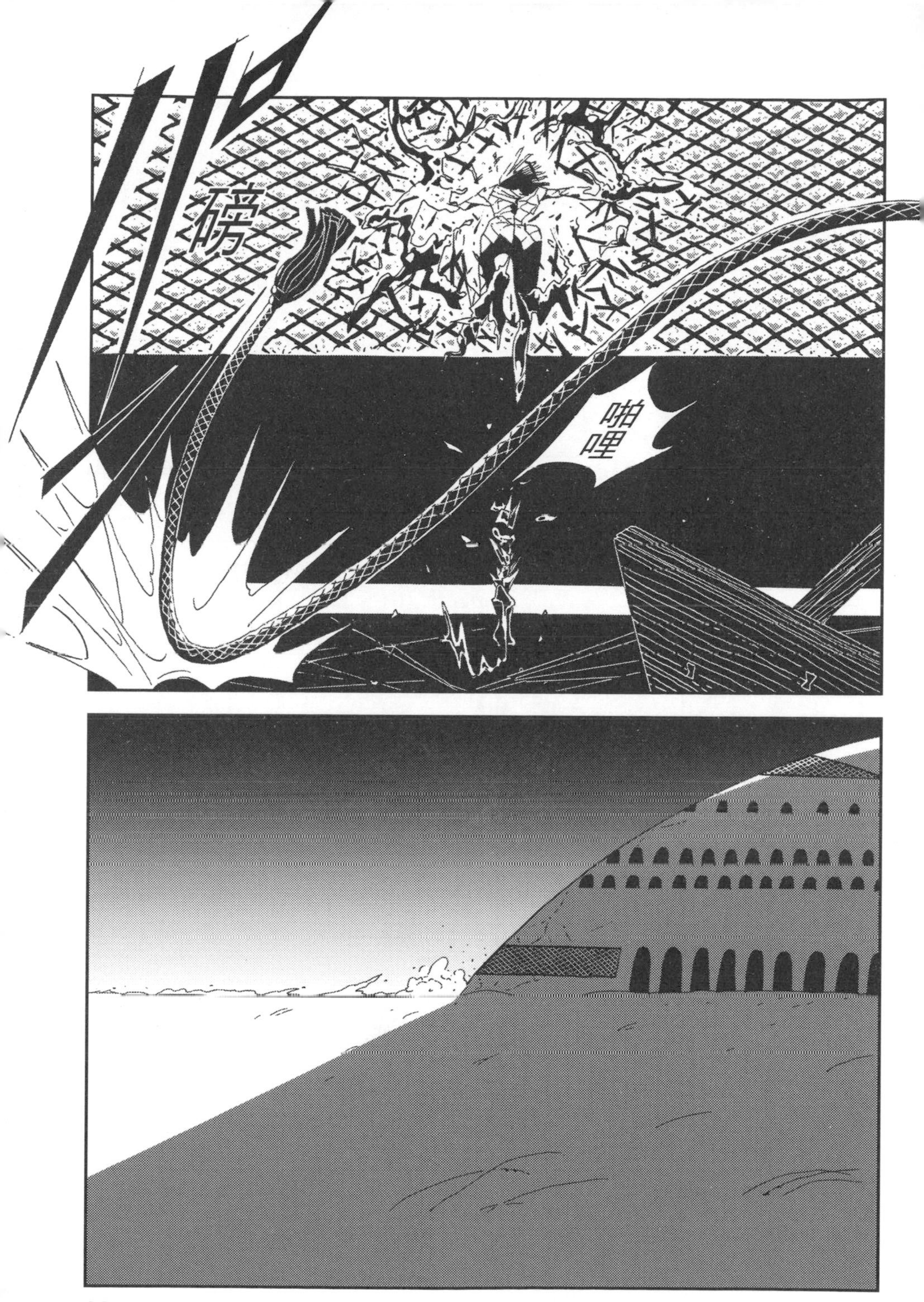
磅
啪哩

午餐。
吃什麼好？
唉……
……漢堡排。
摸摸
我是艾庫美亞。

金剛停止祈禱了，已經確認。
看來失敗了。
透綠柱，
可以扶我起來嗎？
我沒辦法自己坐起來。
哇嗚～好久沒摸到寶石了！
好可怕。
可以再拜託你一件事嗎？

在那！
咻赤
嘩啦

推
ザァ
抓
鏗
バシャッ
啪沙
往東邊！

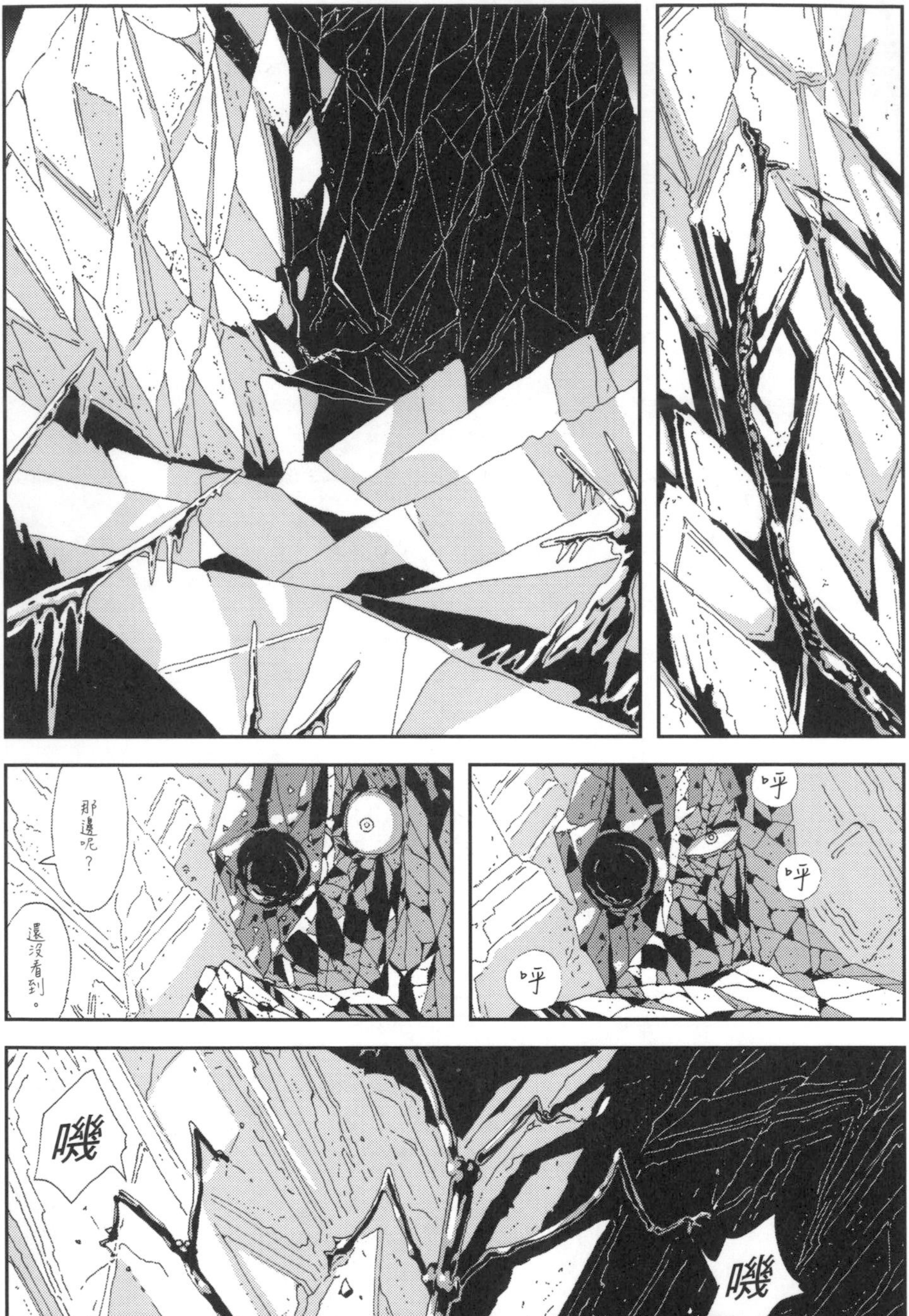
呼
呼
呼
那邊呢？
還沒看到。
嘰
嘰

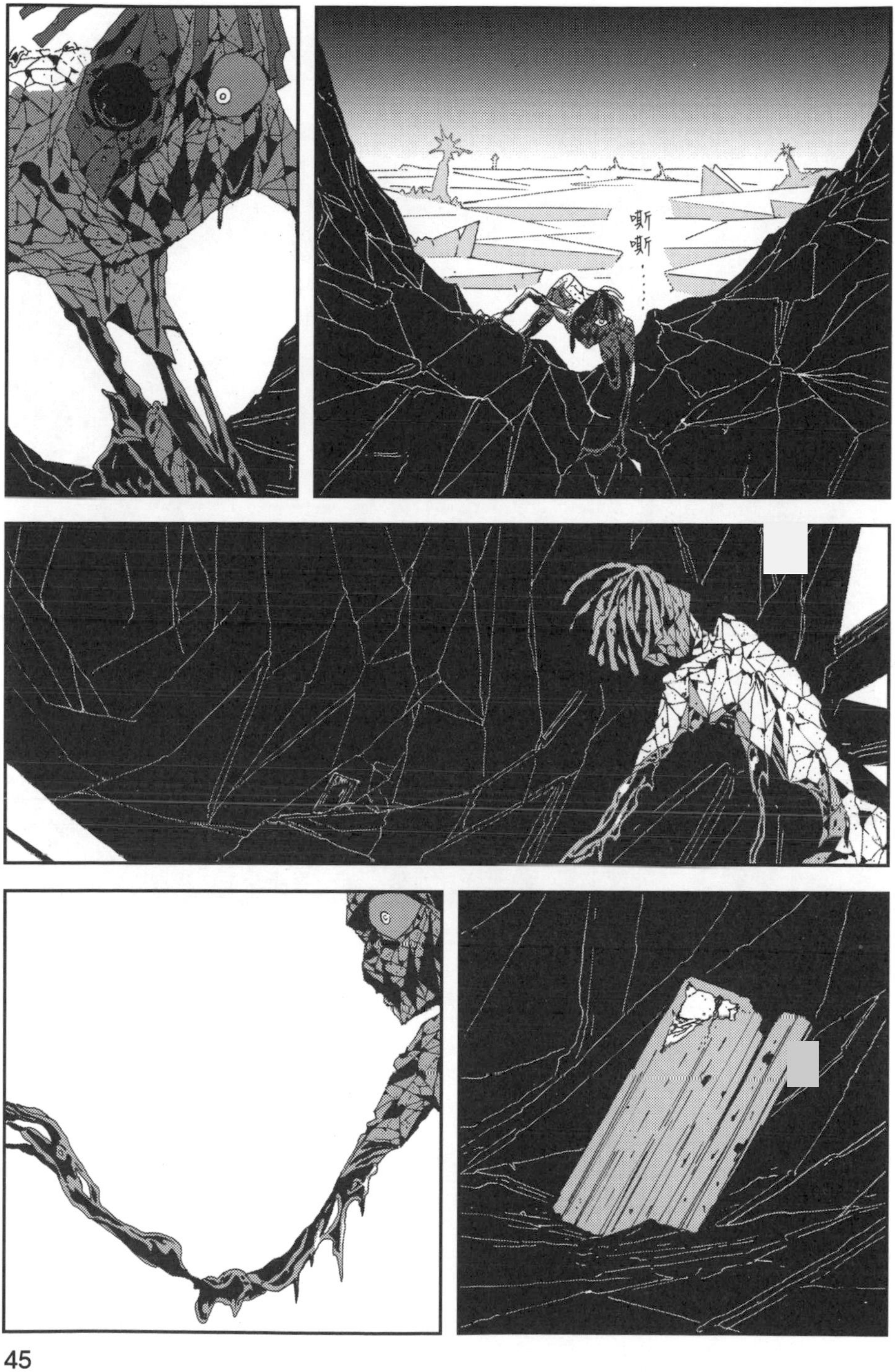
嘶嘶……

喀
啪哩

可憐啊。
咚
我要把你磨成粉丟到海裡沖走。
沙
我不會告訴大家，這樣比較輕鬆吧？
喀
說話啊。
踩

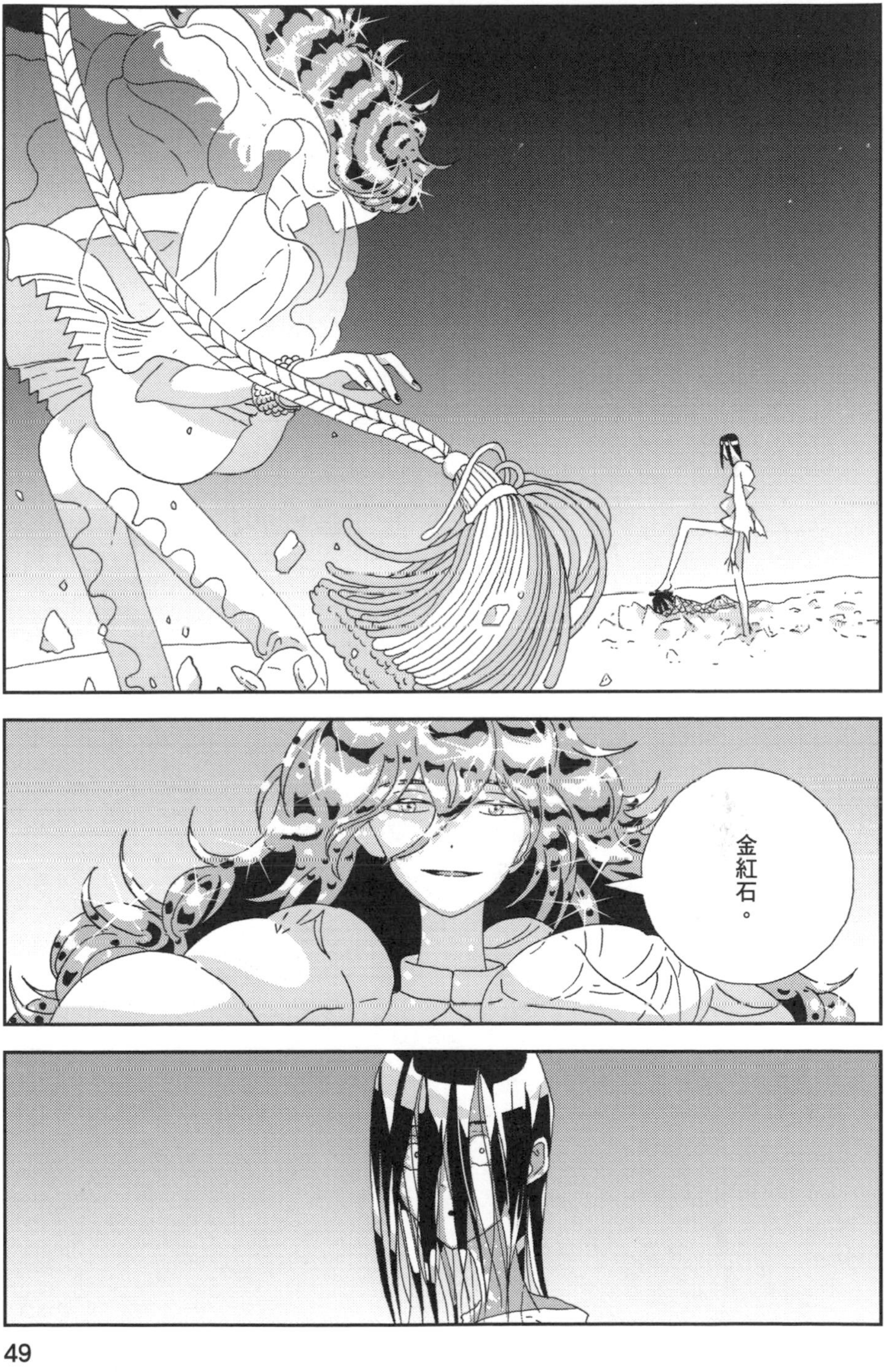
金紅石。

喀啦
滋
給你。

紀念品。
可以當成參考。

〔第八十一話　紀念品〕　終

第八十二話
演變

他們這樣，
好嗎？
沒關係，
這樣就好。
這樣演變很自然。

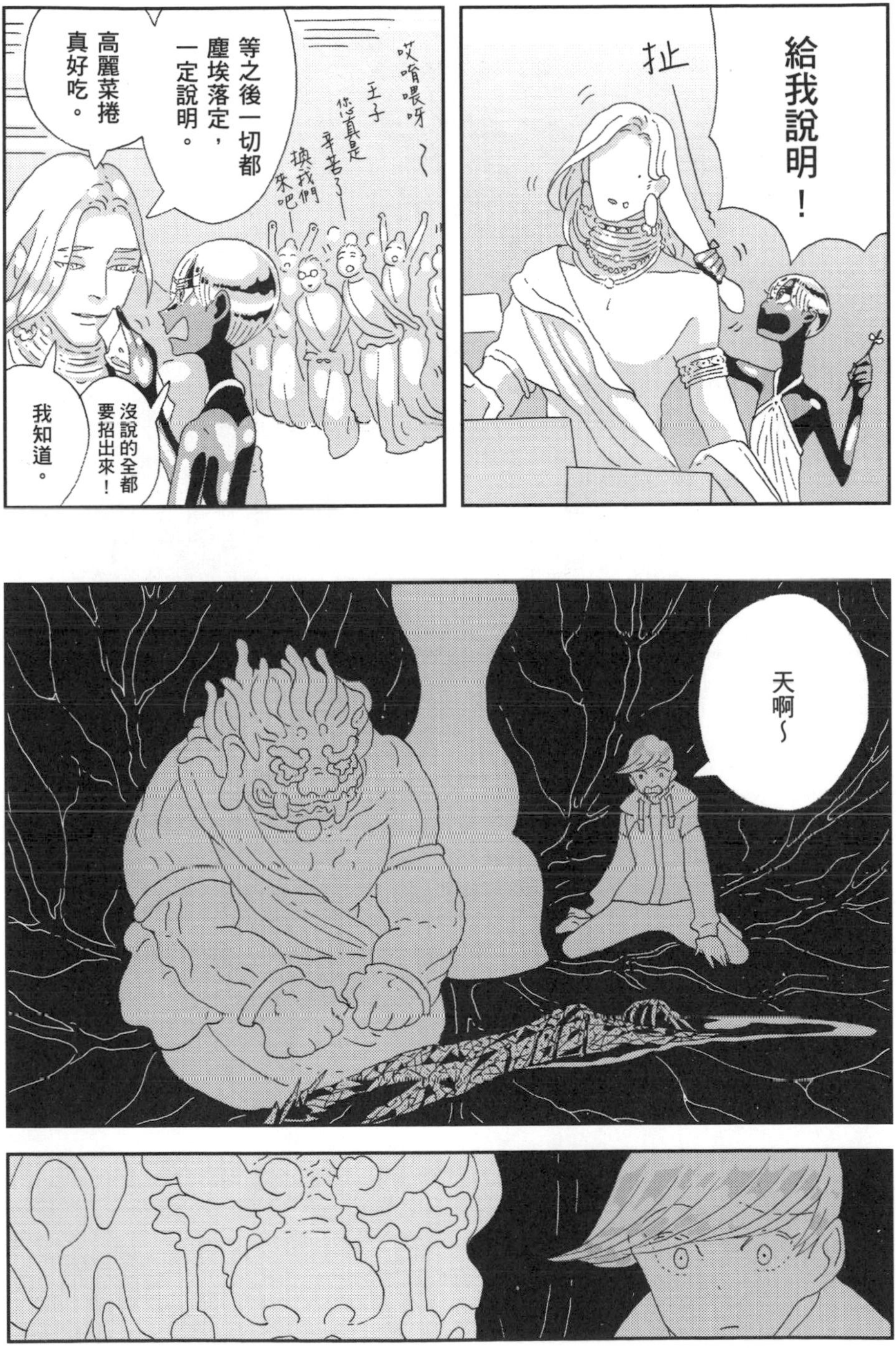
給我說明！
扯
哎唷喂呀～
王子您真是辛苦了～
換我們來吧—
等之後一切都塵埃落定，一定說明。
高麗菜捲真好吃。
沒說的全都要招出來！
我知道。
天啊～

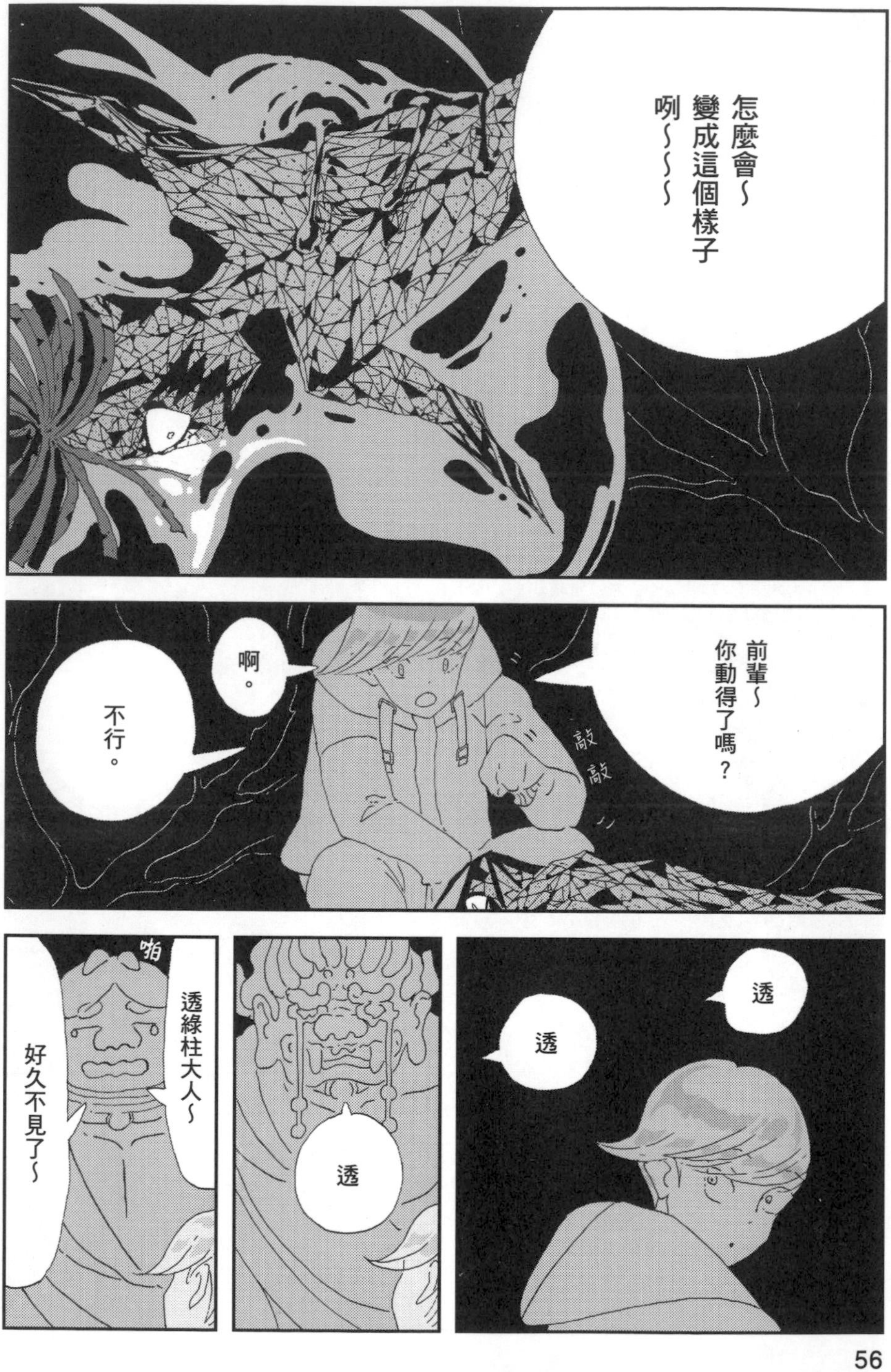
怎麼會～
變成這個樣子
咧～～～
前輩～
你動得了嗎？
敲敲
啊。
不行。
透
透
透
啪
透綠柱大人～
好久不見了～

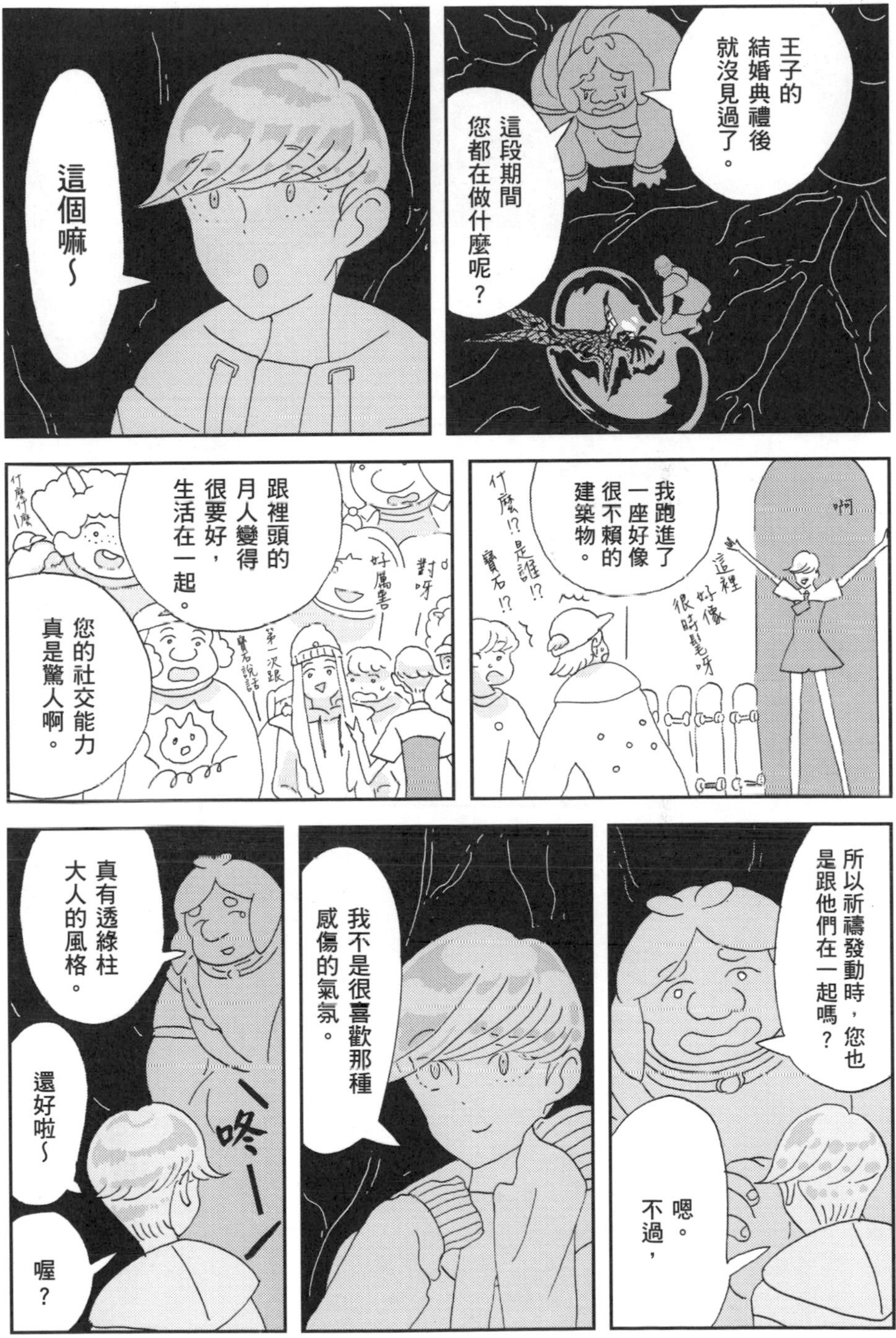

王子的結婚典禮後就沒見過了。
這段期間您都在做什麼呢？
這個嘛～
啊
我跑進了一座好像很不賴的建築物。
這裡好像很時髦呀
什麼!?是誰!?
寶石!?
跟裡頭的月人變得很要好，生活在一起。
什麼什麼
對呀
好厲害
第一次跟寶石說話
您的社交能力真是驚人啊。
所以祈禱發動時，您也是跟他們在一起嗎？
嗯。不過，
我不是很喜歡那種感傷的氣氛。
真有透綠柱大人的風格。
咚—
還好啦～
喔？

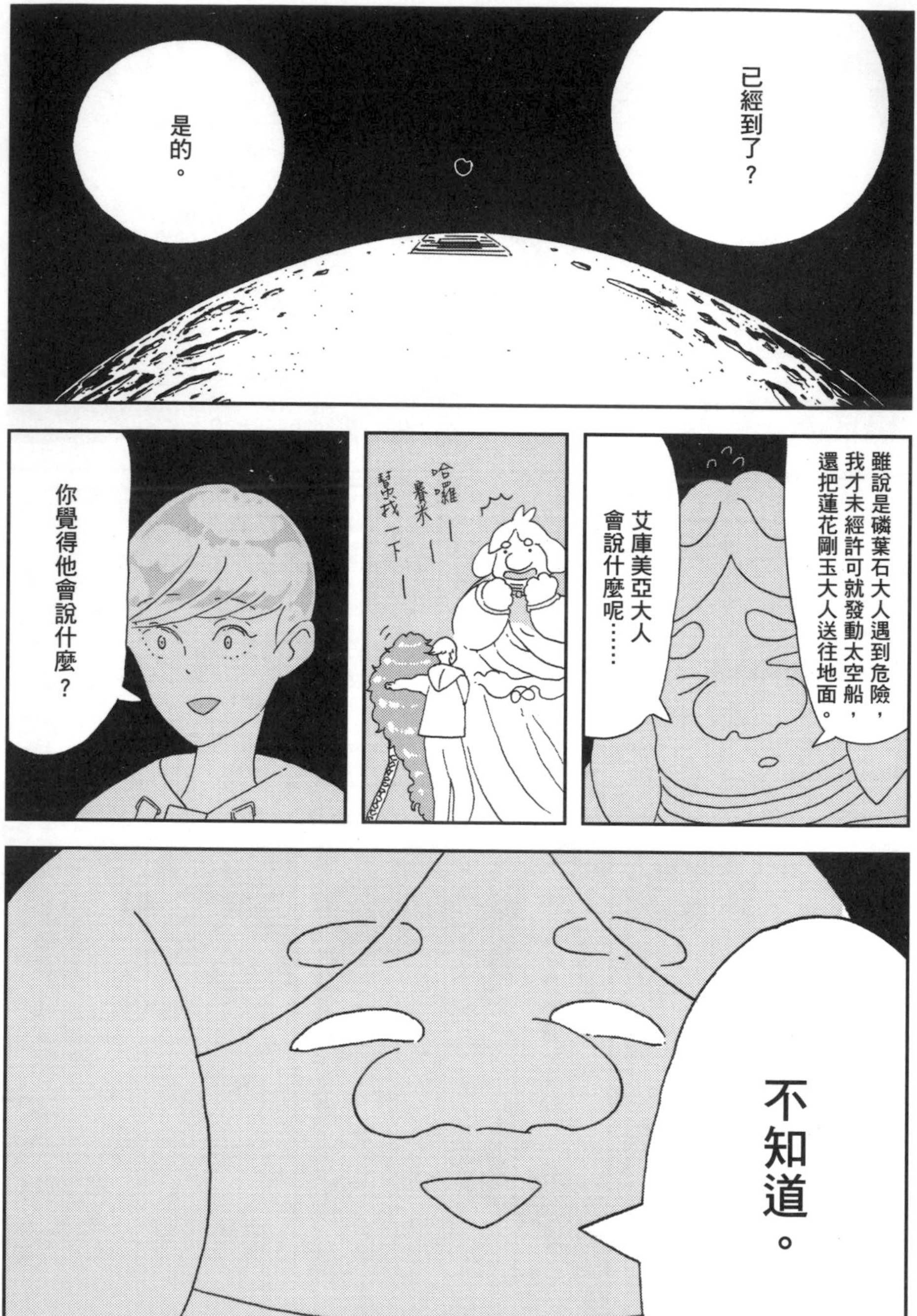
已經到了？
是的。
雖說是磷葉石大人遇到危險，我才未經許可就發動太空船，還把蓮花剛玉大人送往地面。
艾庫美亞大人會說什麼呢……
哈囉ーー
賽米ーー
幫我找一下ー
你覺得他會說什麼？
不知道。

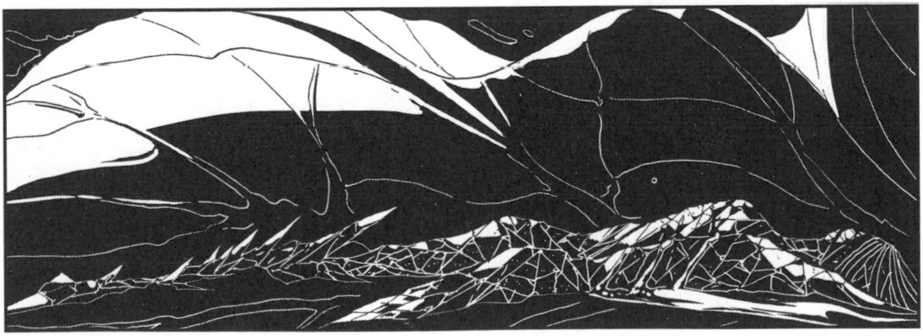

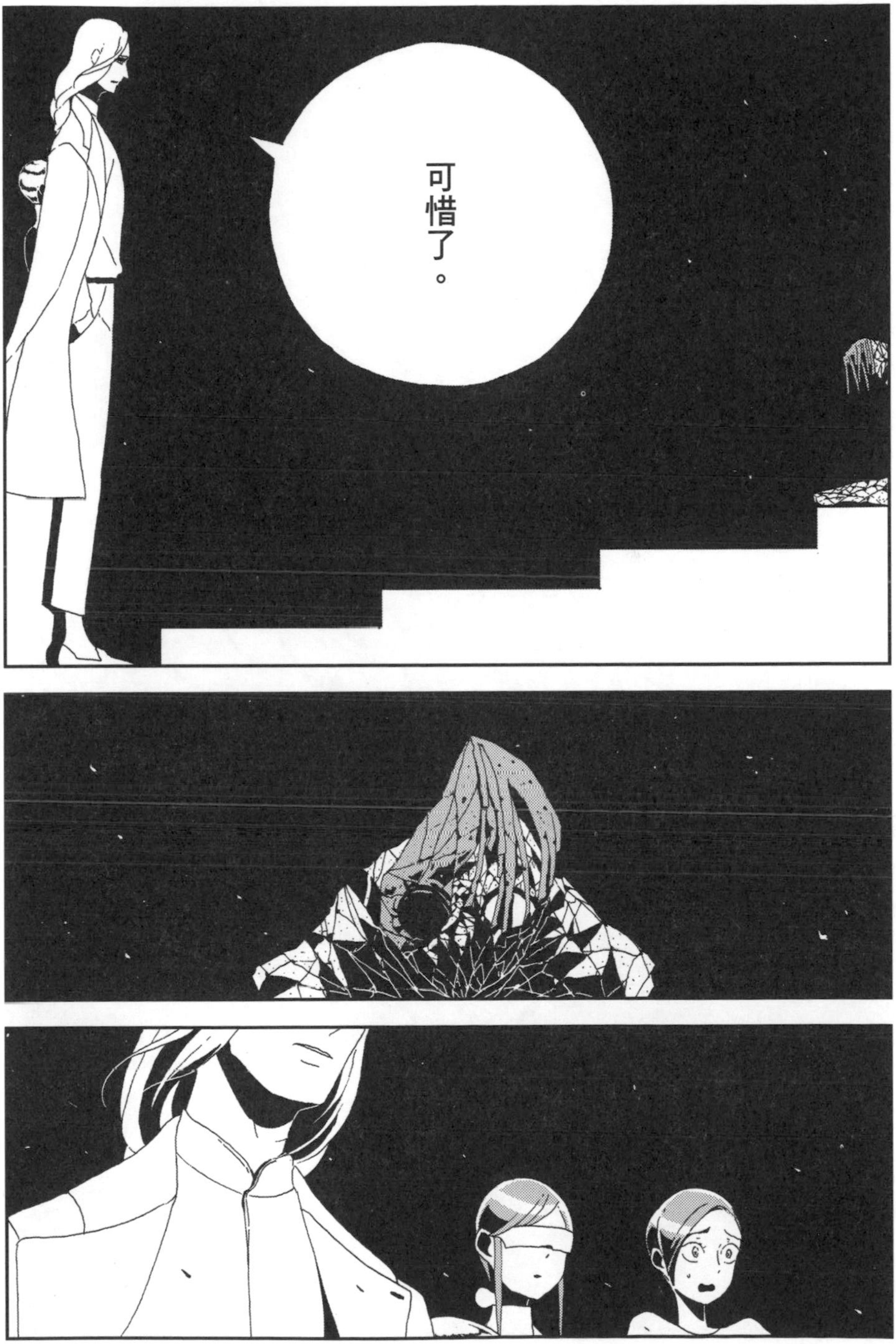
可惜了。

你之前說
回收後就
把你丟了。
想法
有改變嗎？

金剛救了我。
金剛他還愛著我。

要是沒有被妨礙的話，金剛早就祈禱了。
一定早就祈禱了。
一定會祈禱。
為了我。
下次，

我會將妨礙我的，

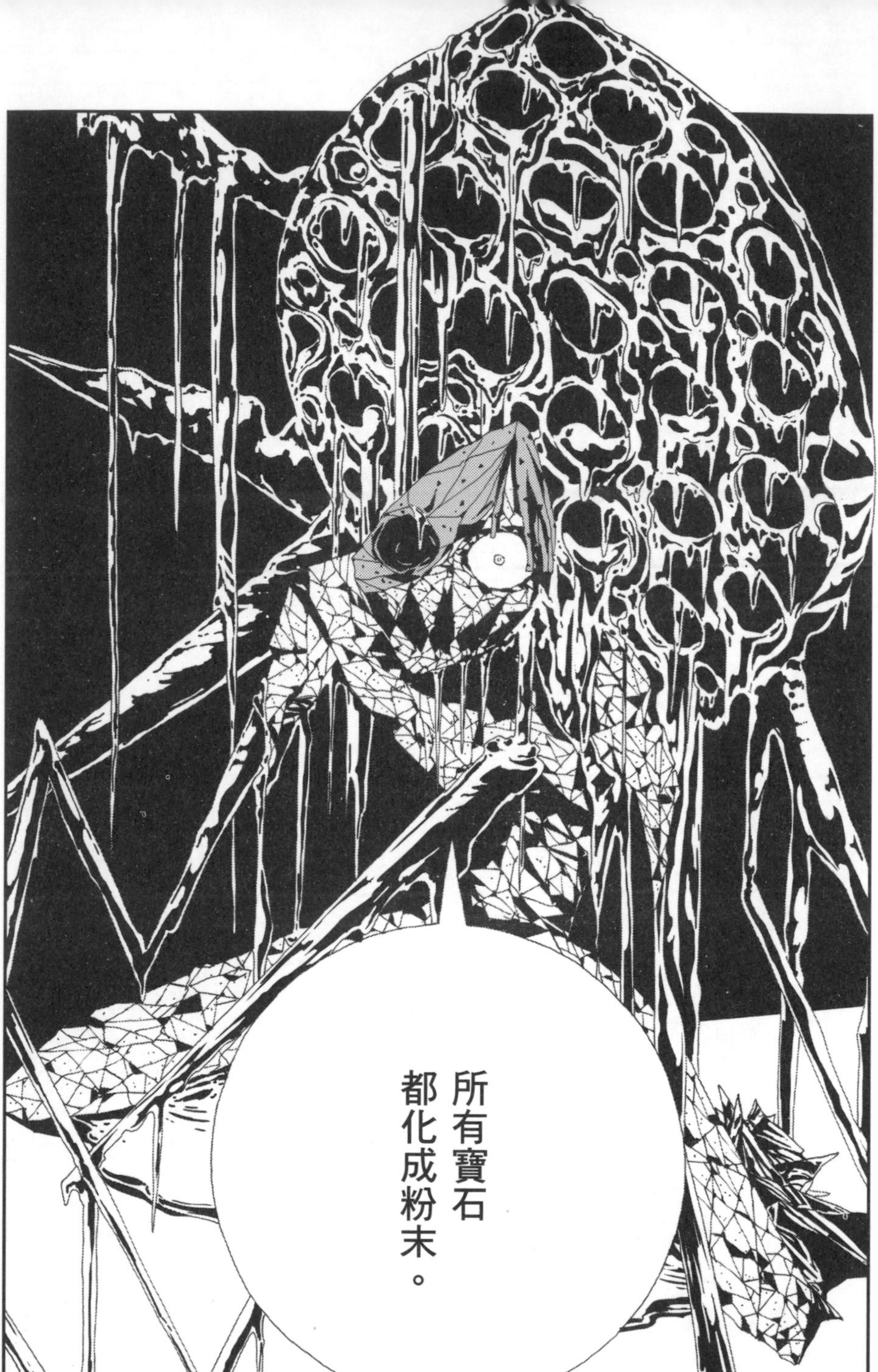
所有寶石
都化成粉末。

現在就去。
要是沒有寶石的話，
就好了。

握
好吧。
哈哈哈哈哈哈。

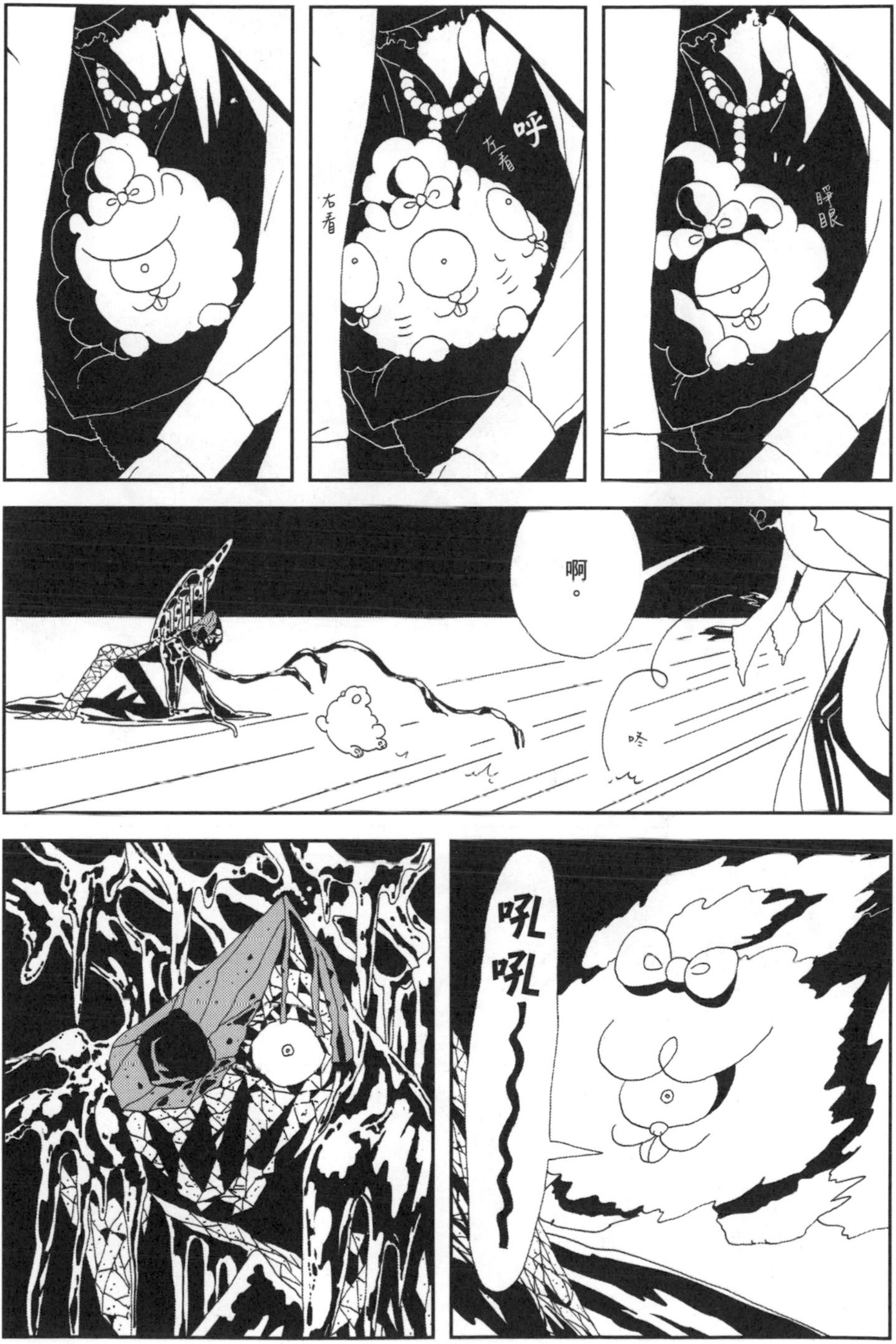
右看
左看
呼
睜眼
啊。
咚
吼吼～

汪！
擊
碎
變好壯！

哼。
你這傢伙……！
真的是你嗎……？
緩步移動
牠也是你的保鑣。
巴爾巴塔，
交給你修復磷葉石。
是可以啦。
但一時半刻完成不了喔。
當然，拜託你小心處理了。
特別是，

〔第八十二話　演變〕　終

※譯註：返照，原有反射、夕陽等意，但於佛教又有反觀內心、檢討自省之意。

我從金紅石那問出了一些事，雖然片片段段的。
的確是月人來了，他們把蓮花剛玉當餌，再把小磷帶回去。
跟你判斷的一樣。
是喔……
蓮花剛玉怎麼樣了？
這個嘛，
我跟小紅、黑曜已經把一些細小的裂痕補好了。
但是最重要的部分，
金紅石不肯放手。

這樣啊……
金剛。
你沒辦法
違抗小磷對嗎？
對不起。
意思是小磷以
碎片狀態
關在那裡
還是可以命令
金剛嗎!?
天啊。
太恐怖了。
嗯…
我是覺得
還不至於
那樣啦……

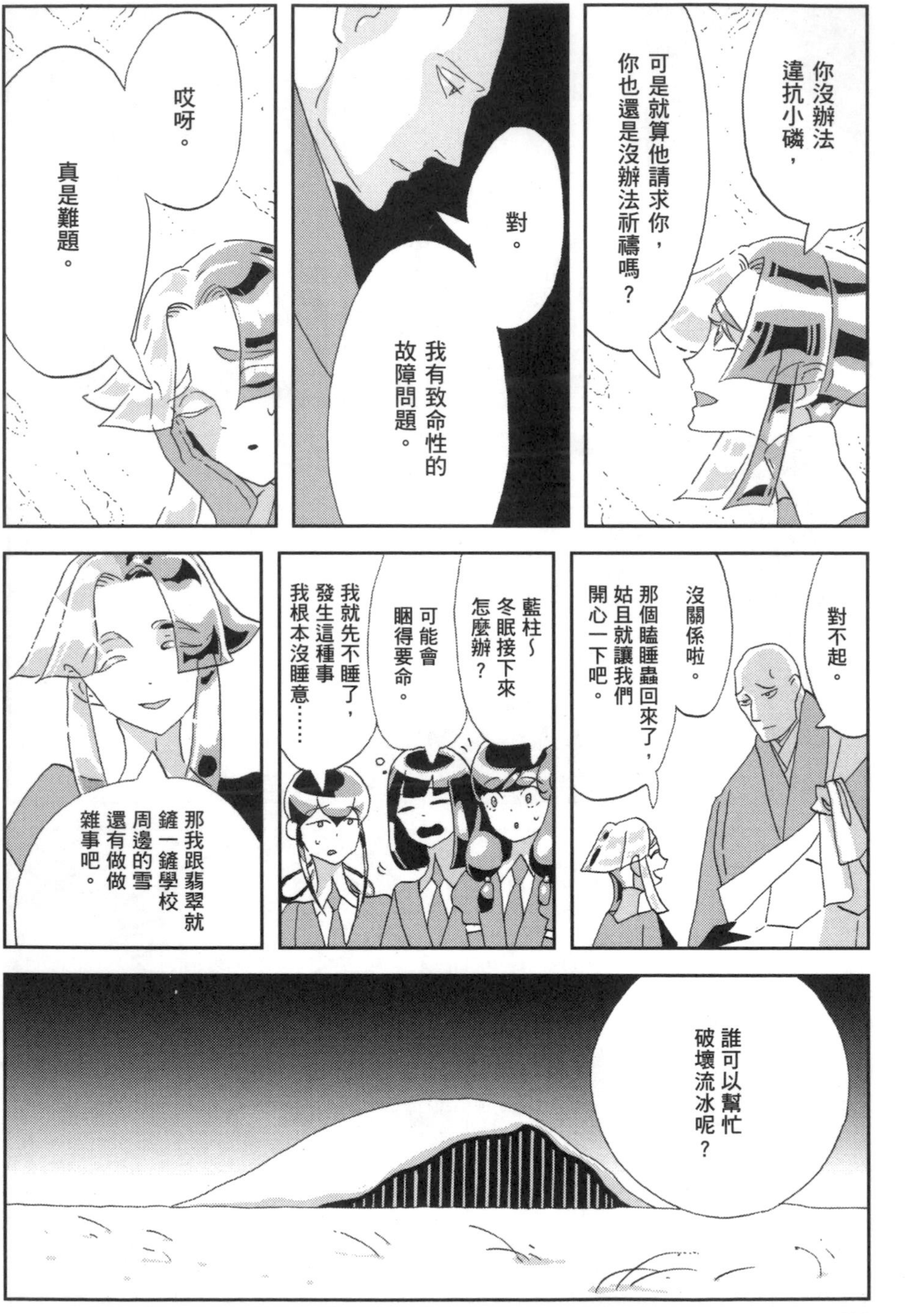
你沒辦法
違抗小磷，
可是就算他請求你，
你也還是沒辦法祈禱嗎？
對。
我有致命性的
故障問題。
哎呀。
真是難題。
對不起。
沒關係啦。
那個瞌睡蟲回來了，
姑且就讓我們
開心一下吧。
藍柱～
冬眠接下來
怎麼辦？
可能會
睏得要命。
我就先不睡了，
發生這種事
我根本沒睡意……
那我跟翡翠就
鏟一鏟學校
周邊的雪
還有做做
雜事吧。
誰可以幫忙
破壞流冰呢？

黃鑽，
不知道過得好不好。
是呀。
我至少有見過他一次，倒是……
八十嗎？
應該很好吧。
你為什麼會知道？
沒為什麼。
你擔心起小藍了嗎？
沒。
不是因為討厭他吧？

我喜歡他。
哎。
這種令人摸不透的感覺就是小柱的優點啊～
摩根覺得透綠柱過得好嗎？
我覺得他應該過得還不錯。
哈囉！
辰砂你跟小鑽同年紀吧？你覺得小鑽過得好嗎？
我覺得他一定精神奕奕。
想必是。
絕對是。

坦白說，
我也忘記自己喜歡什麼了。
畢竟之前一直都很和平，這也沒辦法呀。
到底是和平好還是戰爭好呢？
好。
人都到齊了，出發！
去破壞流冰吧。

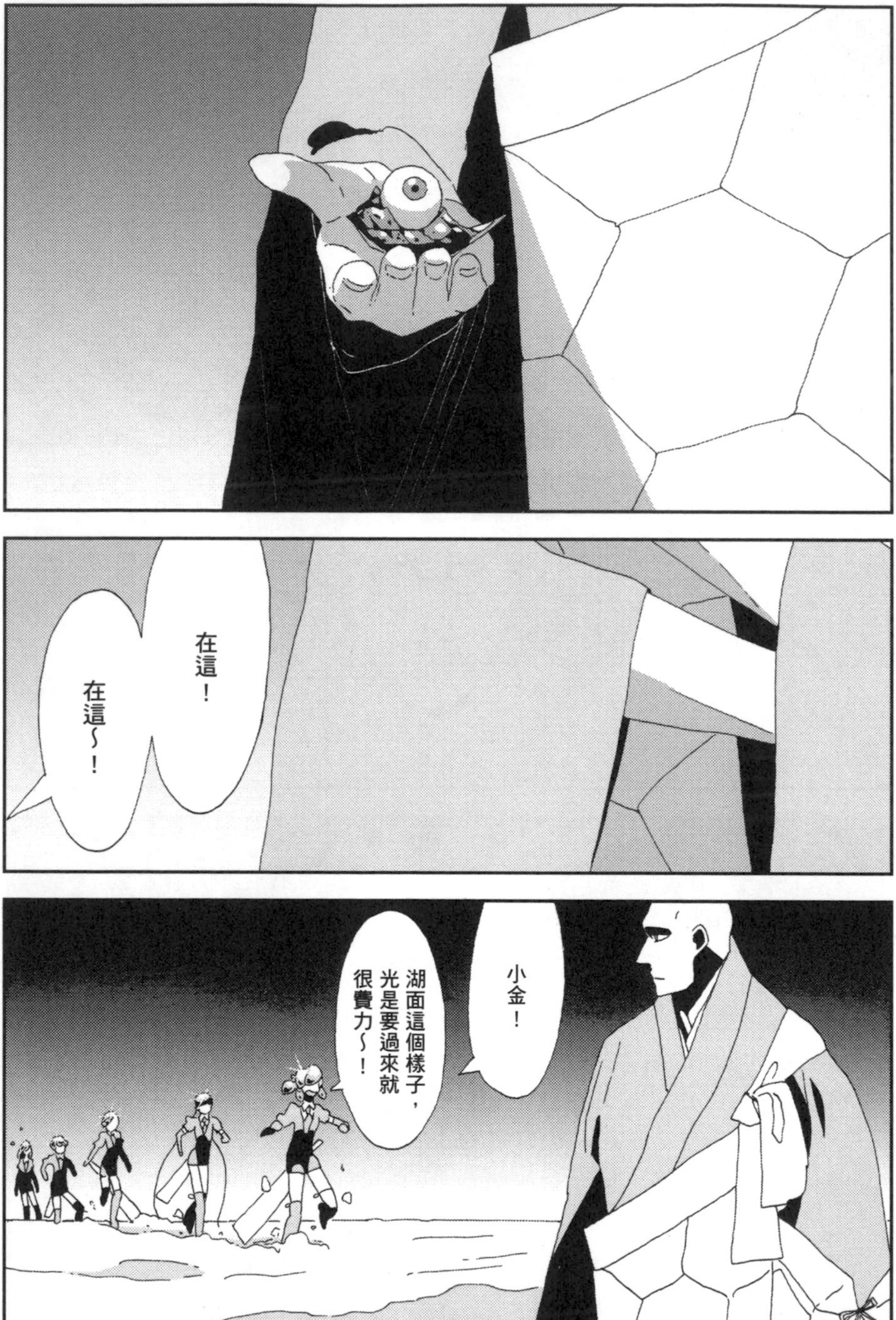
在這！
在這～！
小金！
湖面這個樣子，光是要過來就很費力～！

辰砂、小金，你們只是看著我們很無聊吧？
幫我們加油吧。
什麼!?
加油……？
嗯。
要用不輸給流冰的音量幫我們加油喔！

大家加油！
看你那麼幸福
我真開心。

小南在的話就好了。
他特別喜歡你。
即使你不再是老師，心意一定也不會改變。
他以前就知道我跟你們是不一樣的生命體。

真的嗎!?
他怎麼會知道!?
……
不清楚……
氣溫，

正以固定的速度
上昇中。

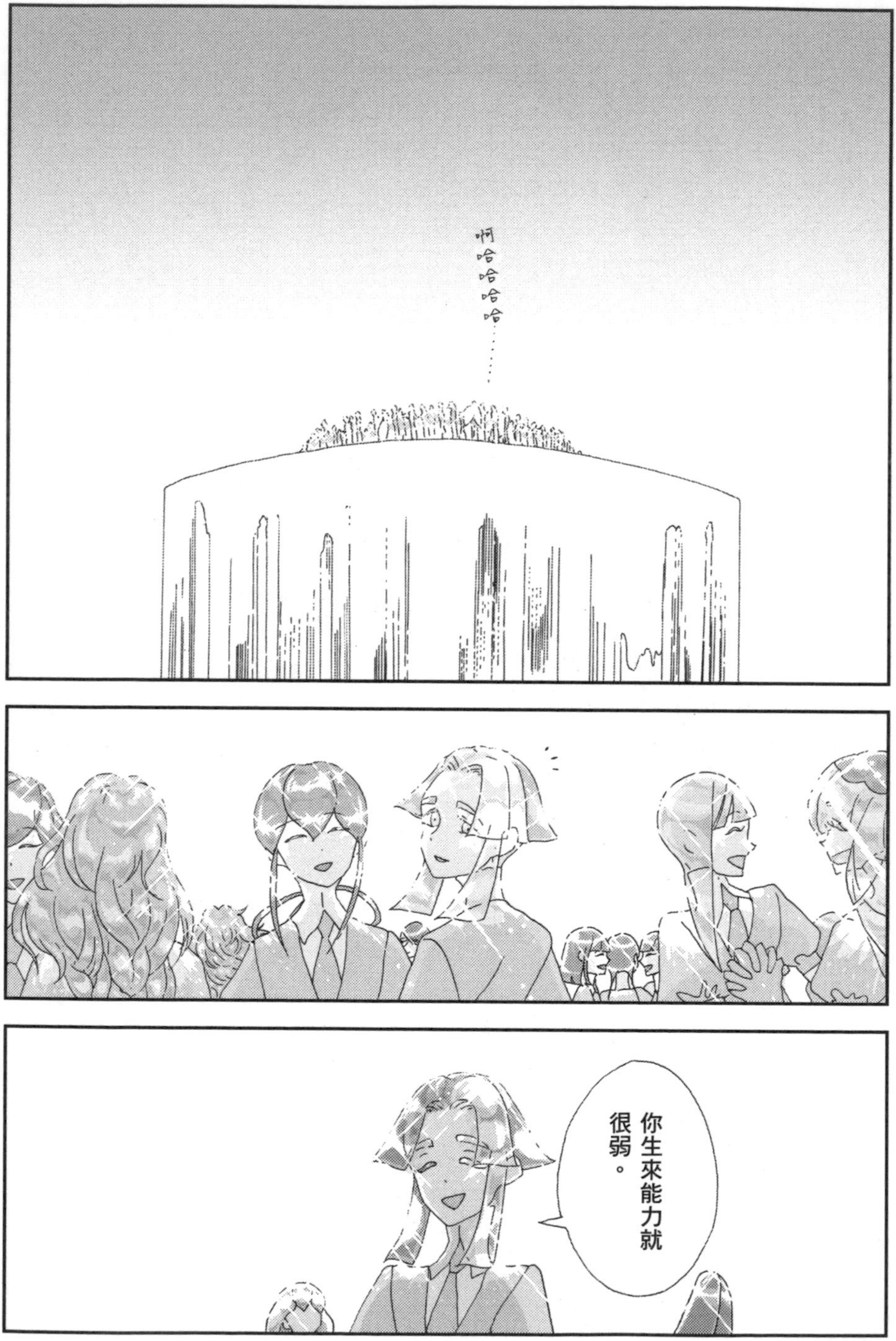
啊哈哈哈哈……
你生來能力就很弱。

我一開始
就誤會你了。
你沒有一件事情
辦得到。
明明什麼都
改變不了。
卻還浪費了一切。
你這三・五。
真是可憐。
沒有人會
愛你。

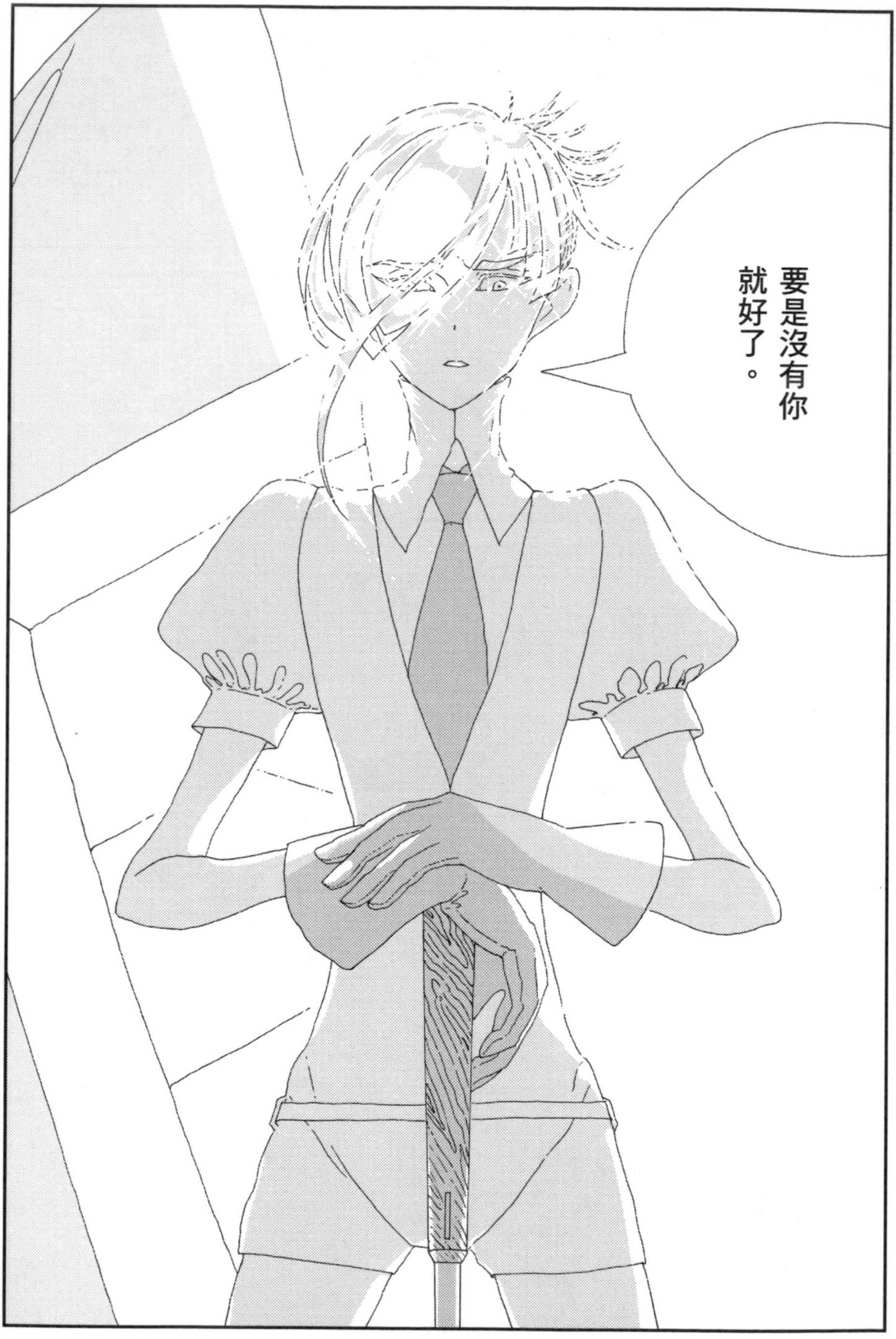
要是沒有你
就好了。

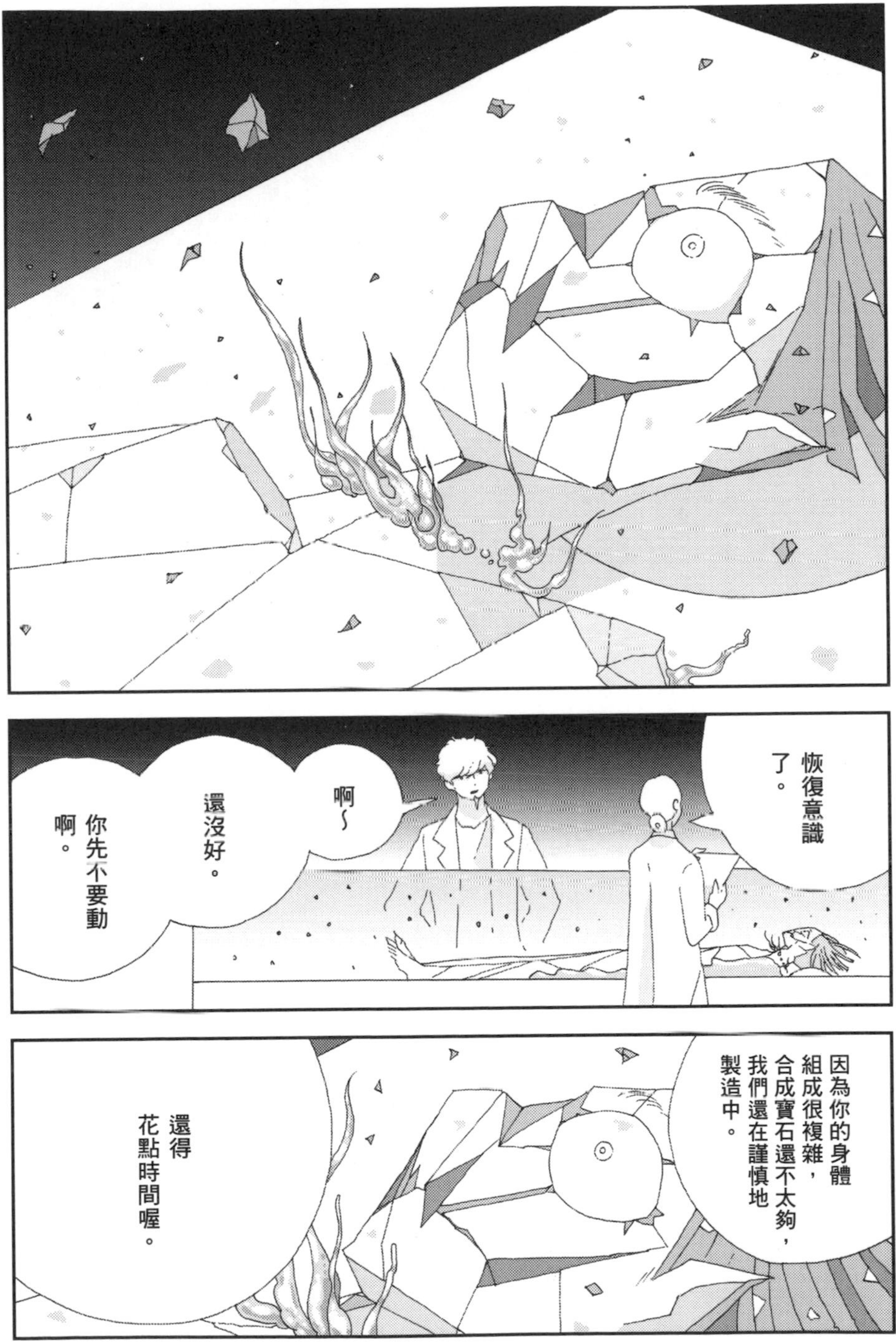
恢復意識了。
啊～
還沒好。
你先不要動啊。
因為你的身體組成很複雜，合成寶石還不太夠，我們還在謹慎地製造中。
還得花點時間喔。

〔第八十三話　返照〕　終

第八十四話 前夜

修復中的…

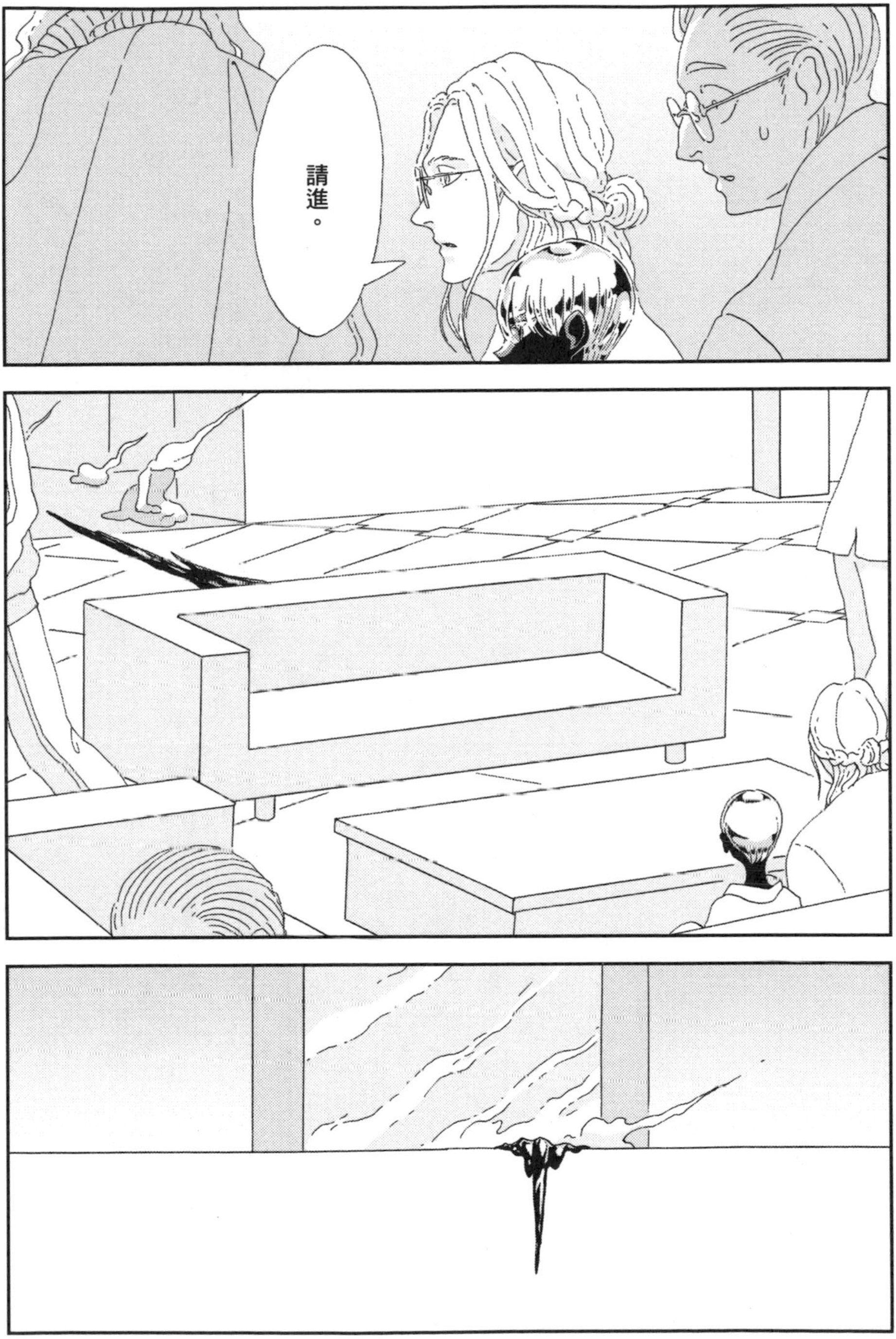
請進。

快點。
我要把所有的寶石都打碎。
所有軍隊都給我。
你的修復工程還沒結束。
去地面的話我們會跟以往一樣受到金剛攻擊，能協助你的有限，你要是沒有萬全的把握也沒辦法達到你希望的成果。
我要帶月亮上的寶石一起去，讓他們幫我。
什麼？

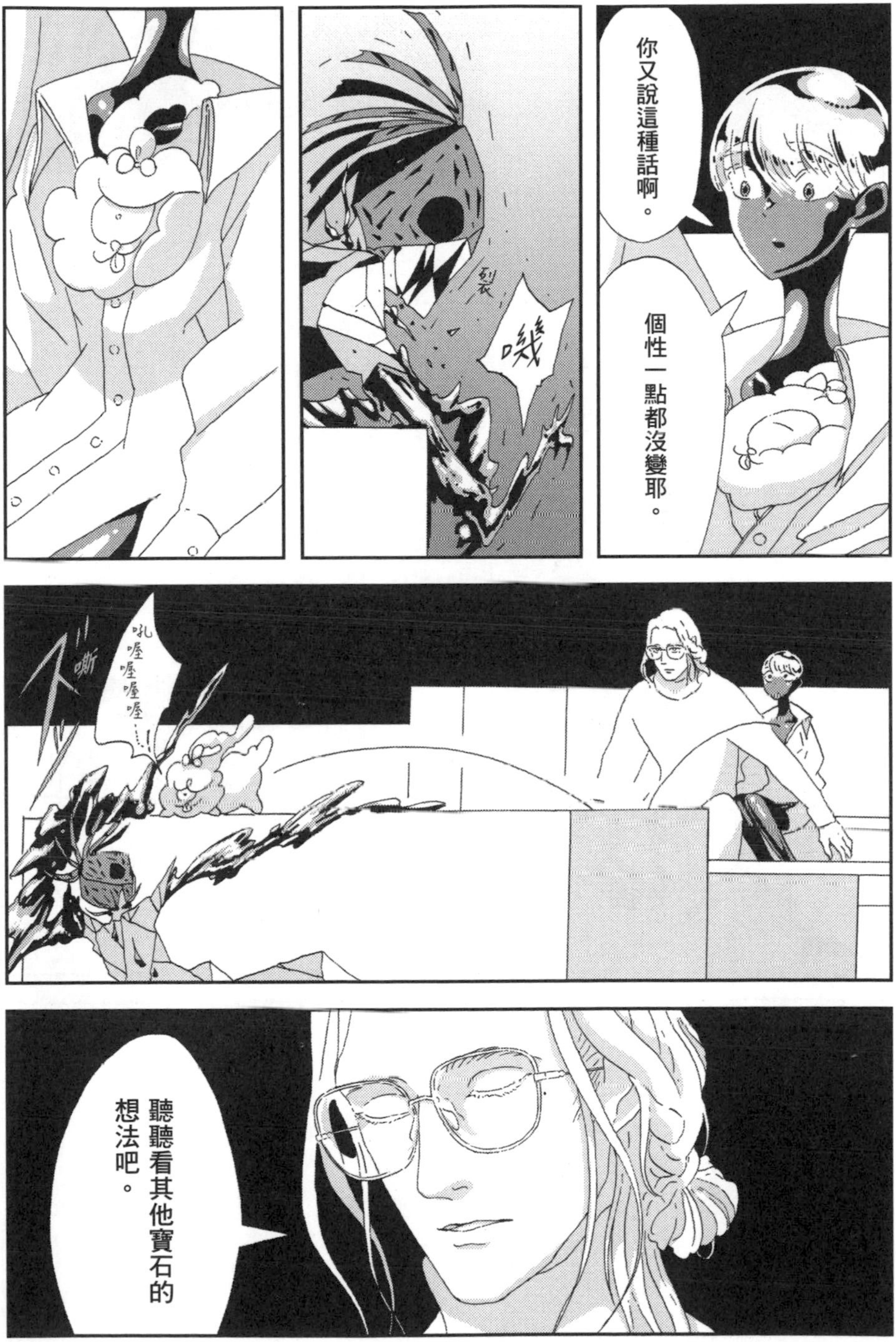
你又說這種話啊。
個性一點都沒變耶。
裂
嘰
嘶
吼喔喔喔喔……
聽聽看其他寶石的想法吧。

我不去。
對不起唷，小磷。
明天是綵排，後天開始連三天是演唱會。
在那之後還會一直有活動。
那些認同我的，
重要的歌迷們正等著我呢。

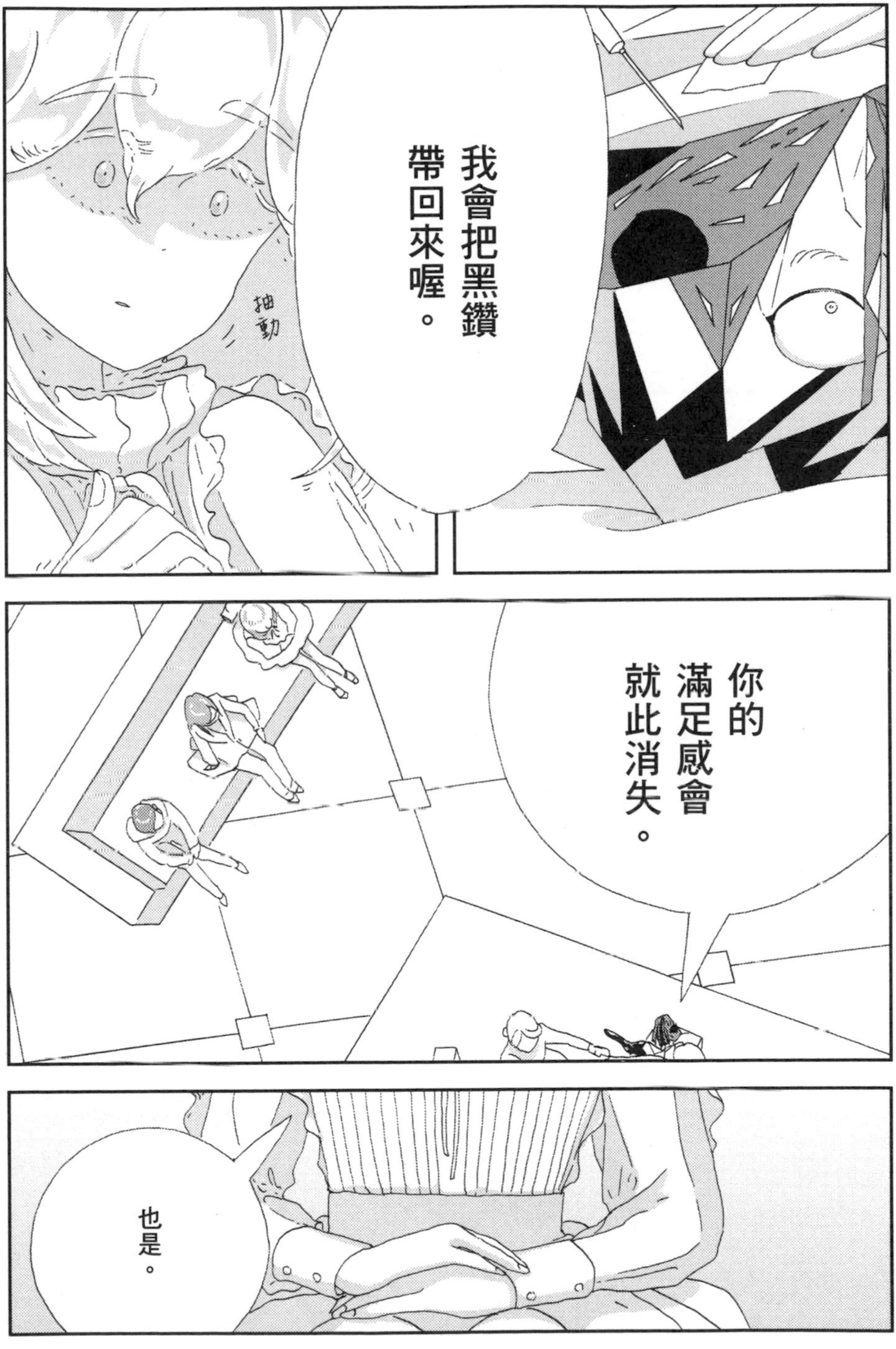
我會把黑鑽帶回來喔。
抽動
你的滿足感會就此消失。
也是。

一直害怕那孩子的我真像個傻瓜。
得藉機做個了斷才行。
嗯。
我呢，
就幫你把那擾人的孩子打成粉末吧。
哈哈哈。

你真傻。
以前那些事閉上眼睛不看比較輕鬆吧。
像我這樣。
月人也不是全部都很壞，
知道了以後我也不再憎恨他們了。
是喔~~ 你對做菜有興趣？
你不是寶石嗎？
真是有趣的孩子耶。
想在我們店裡實踐你的理論？
真是個阿宅耶~
好啊
我已經可以不去想金綠寶石了。
喜歡現在的生活。
但是，

兩百年前
我跟你說過會跟你去，
我一直有點掛心
這件事。
我要實現
我的承諾。
紫翠……
你認真!?
你也要去喔，
小藍。

對不起，小磷。
我真的不去。
你可以趁機把三十帶來月亮。
我跟他分開也沒什麼問題。
我認為這讓我們成長。
他一定也是這麼想的，身為雙晶的我們可以懂對方。
而且，
目前讓化成砂的寶石恢復的方法還沒確立。
金剛如果祈禱了，月人邁向虛無，到時會只剩下我們，為此我希望盡可能吸收月亮上的所有技術。

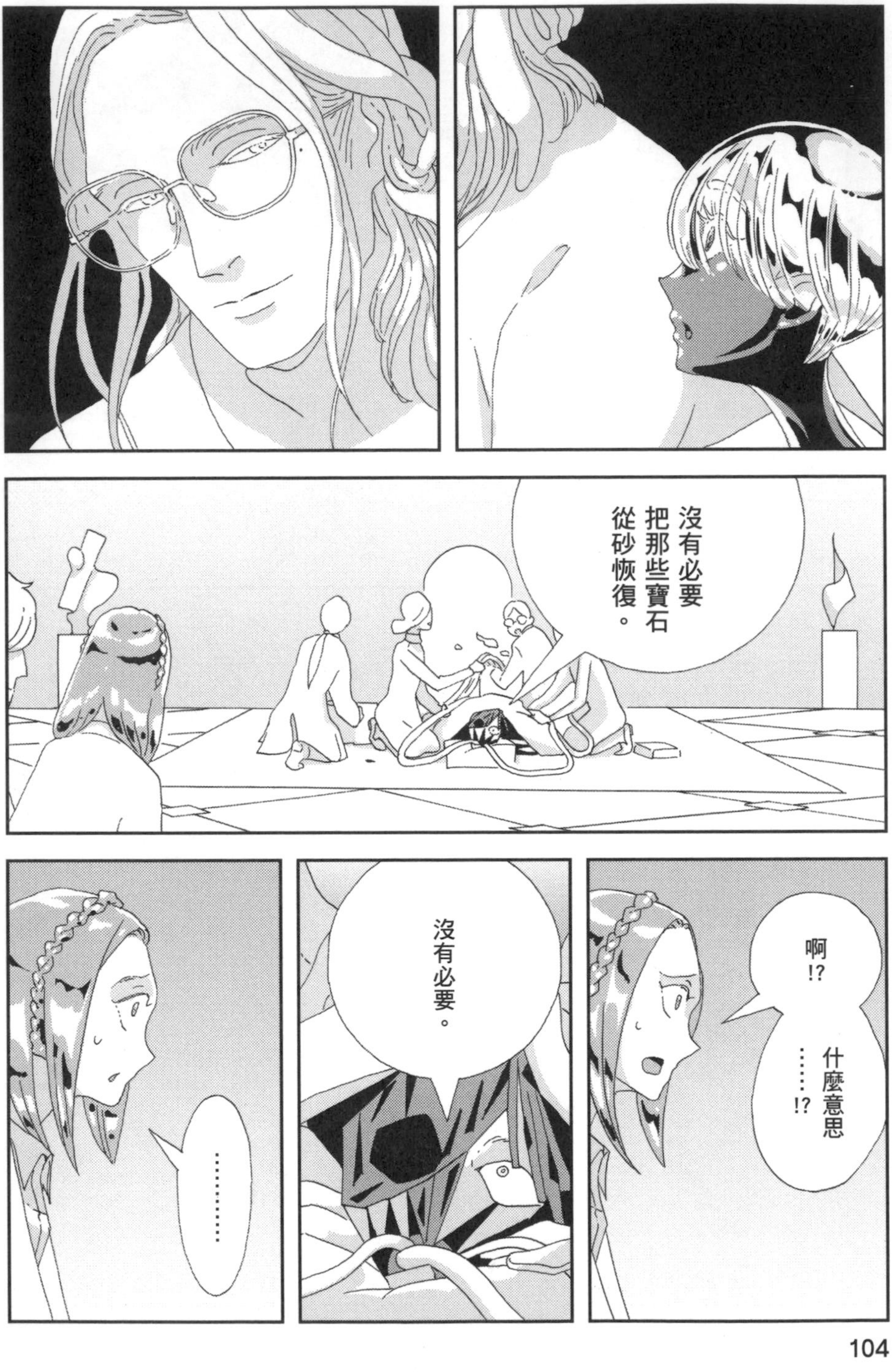
沒有必要
把那些寶石
從砂恢復。
啊!?
什麼意思
……!?
沒有必要。
…………

那麼，
鑽石和紫翠玉就和磷葉石一同前往，就這樣對吧？
抱歉，藍錐礦也會一起去。
咦
啊
我不想去啦
對了，還有，
你的右眼還在金剛的手裡。
我們也可以先幫你補好，
不過你怎麼想？

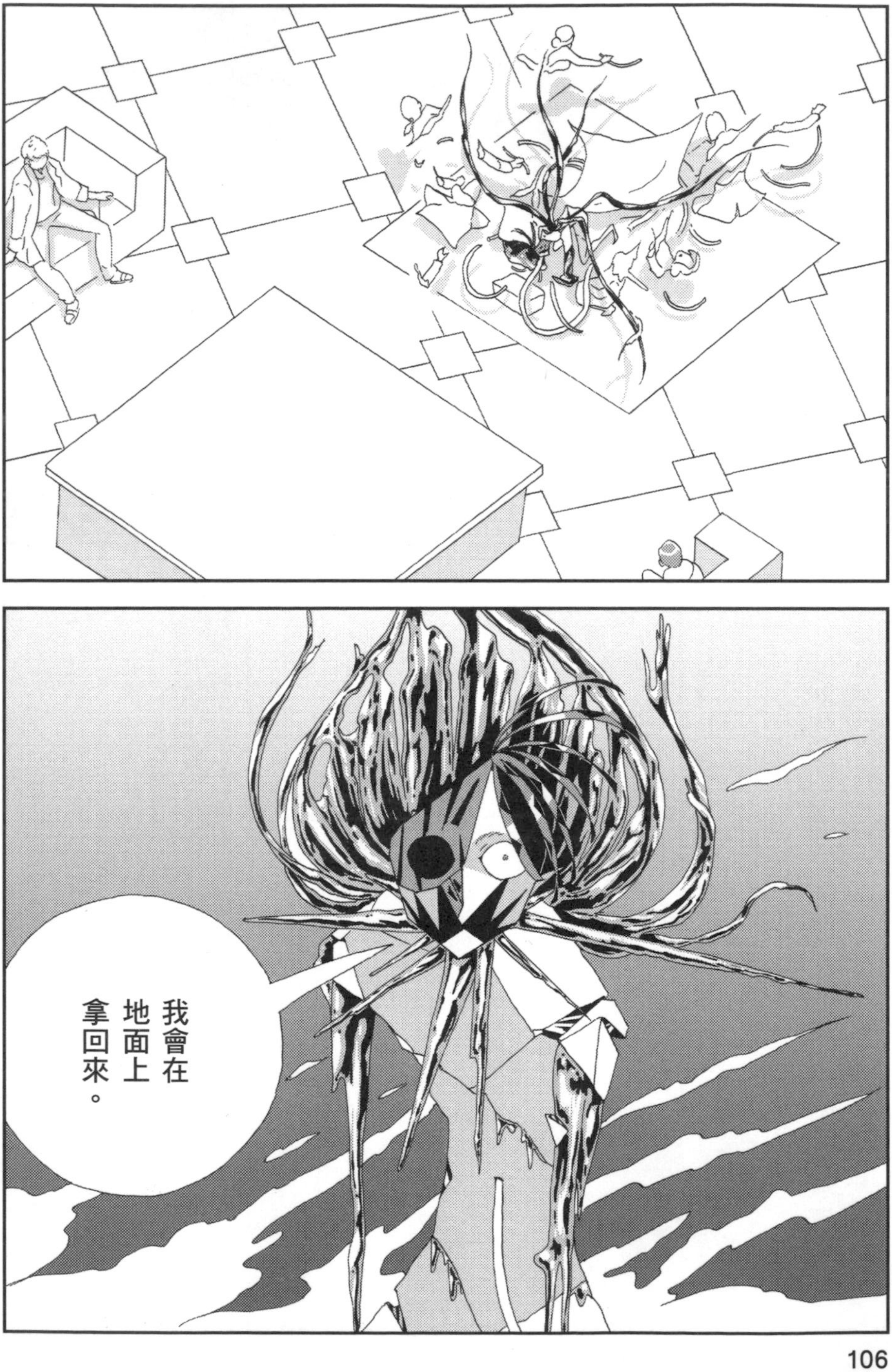
我會在地面上拿回來。

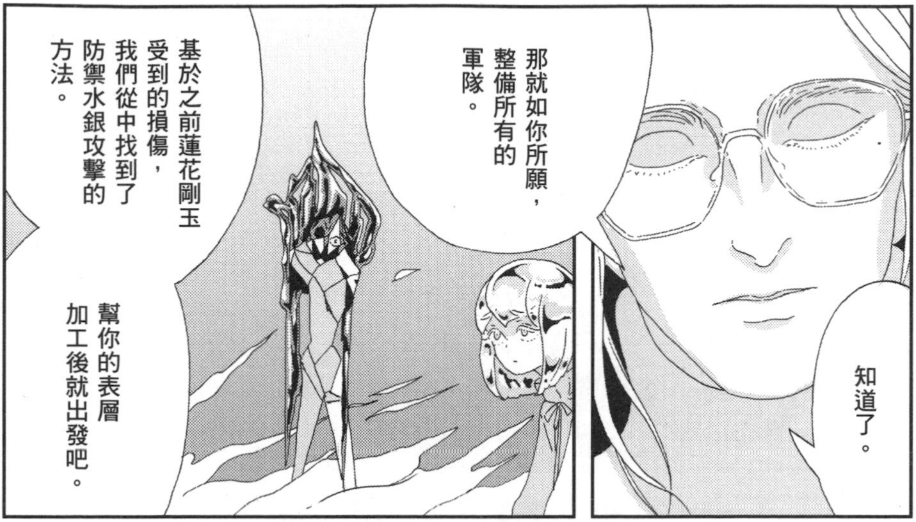
知道了。
那就如你所願，整備所有的軍隊。
基於之前蓮花剛玉受到的損傷，我們從中找到了防禦水銀攻擊的方法。
幫你的表層加工後就出發吧。

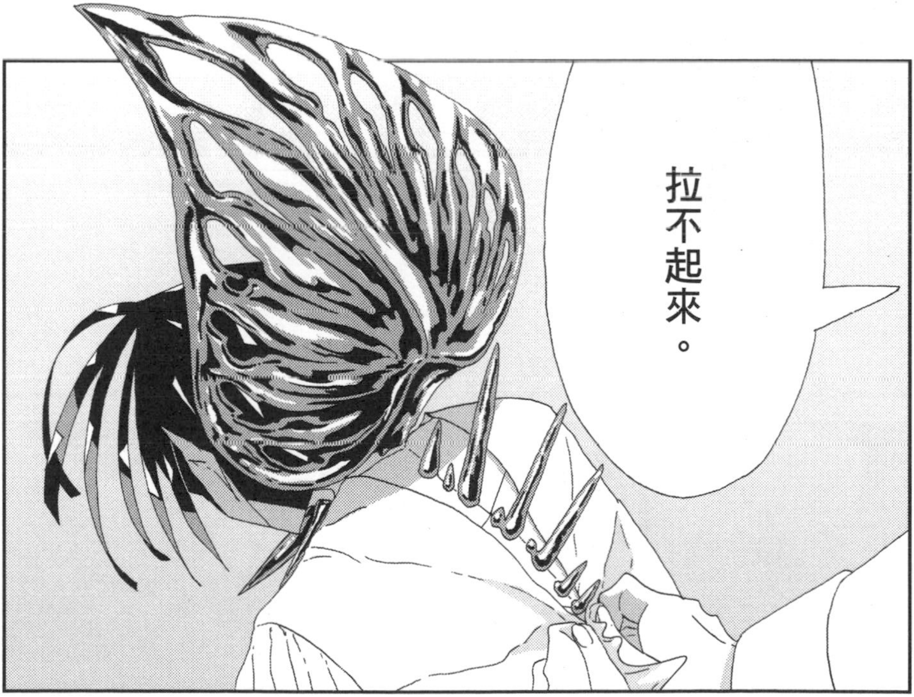
拉不起來。

哇。
我沒聽說背部會噴出合金啊……！
等等。
嘰嘰嘰
快點…………
我在快我在快！
誰在啊！來幫忙一下！
拿把大剪刀過來！
快點…………
跟你說我在快了！
快點。

要把
地面上的一切
都破壞才行。

〔第八十四話　前夜〕　終

第八十五話
生日
春天啦~!

哇。
呼哇
不行了。睡覺睡覺。
辰砂呢？
他每年都在自己的臥室冬眠，可能已經過去了。
這樣啊。
自己一個人睡不會寂寞嗎？
為此！
我們可是做了很厲害的東西喔。

辰砂～！
什麼事……？
來啦。
來啦。
你看～！
小辰砂的巨大冬眠專用箱～！

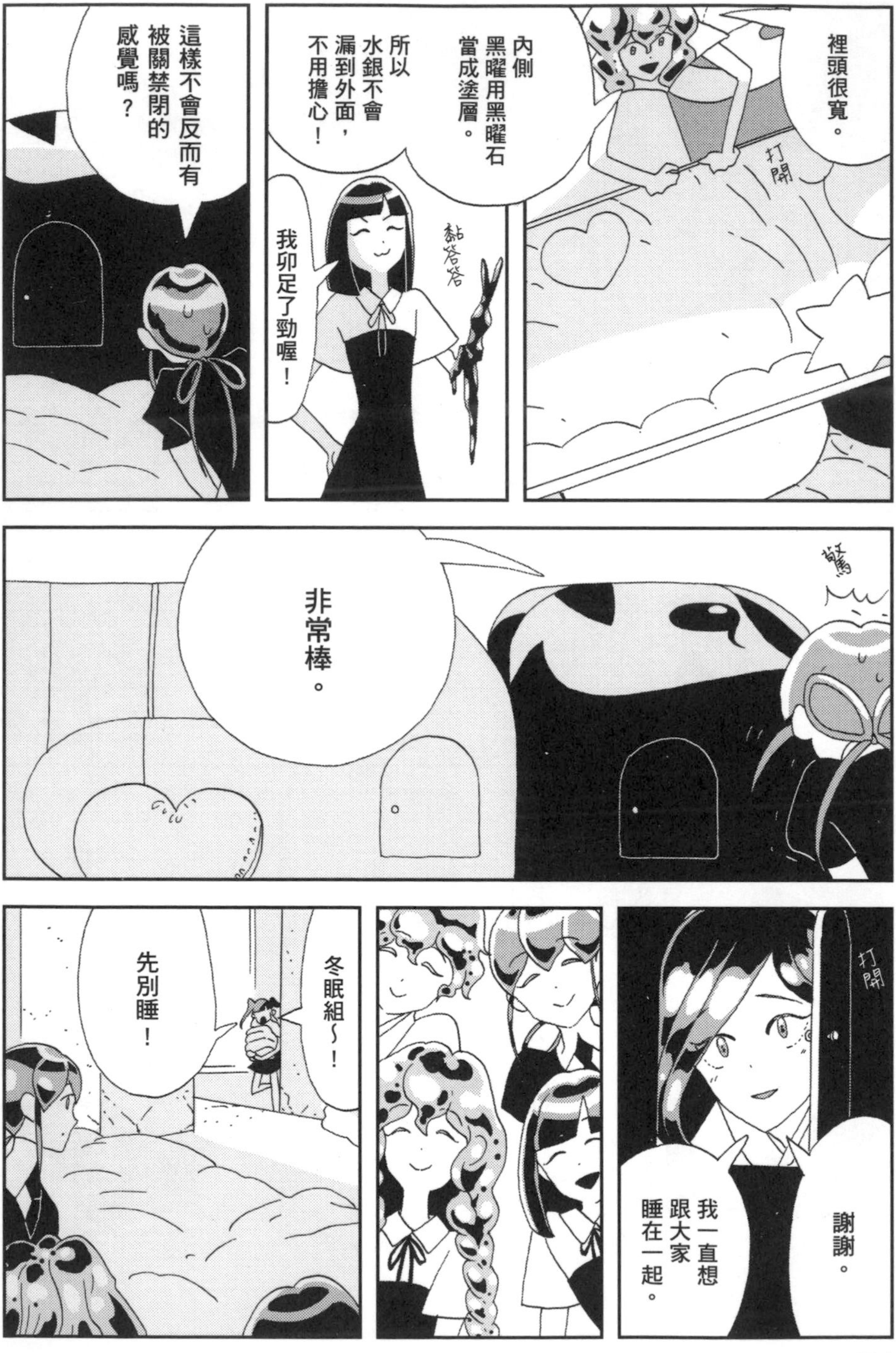

裡頭很寬。
打開
內側黑曜用黑曜石當成塗層。
所以水銀不會漏到外面，不用擔心！
黏答答
我卯足了勁喔！
這樣不會反而有被關禁閉的感覺嗎？
驚
非常棒。
打開
謝謝。
我一直想跟大家睡在一起。
冬眠組～！
先別睡！

就是啊……
小聲講話
哇。
不錯耶！
金剛。

我要去看看緒之濱有沒有新出生的孩子。
可以來幫忙嗎？
瞭解。
沒有礦物生命體的反應。
真可惜。
那來蒐集碎片吧。

金剛出生時的情形，
你記得嗎？
我從被製造出來前就有記憶了。

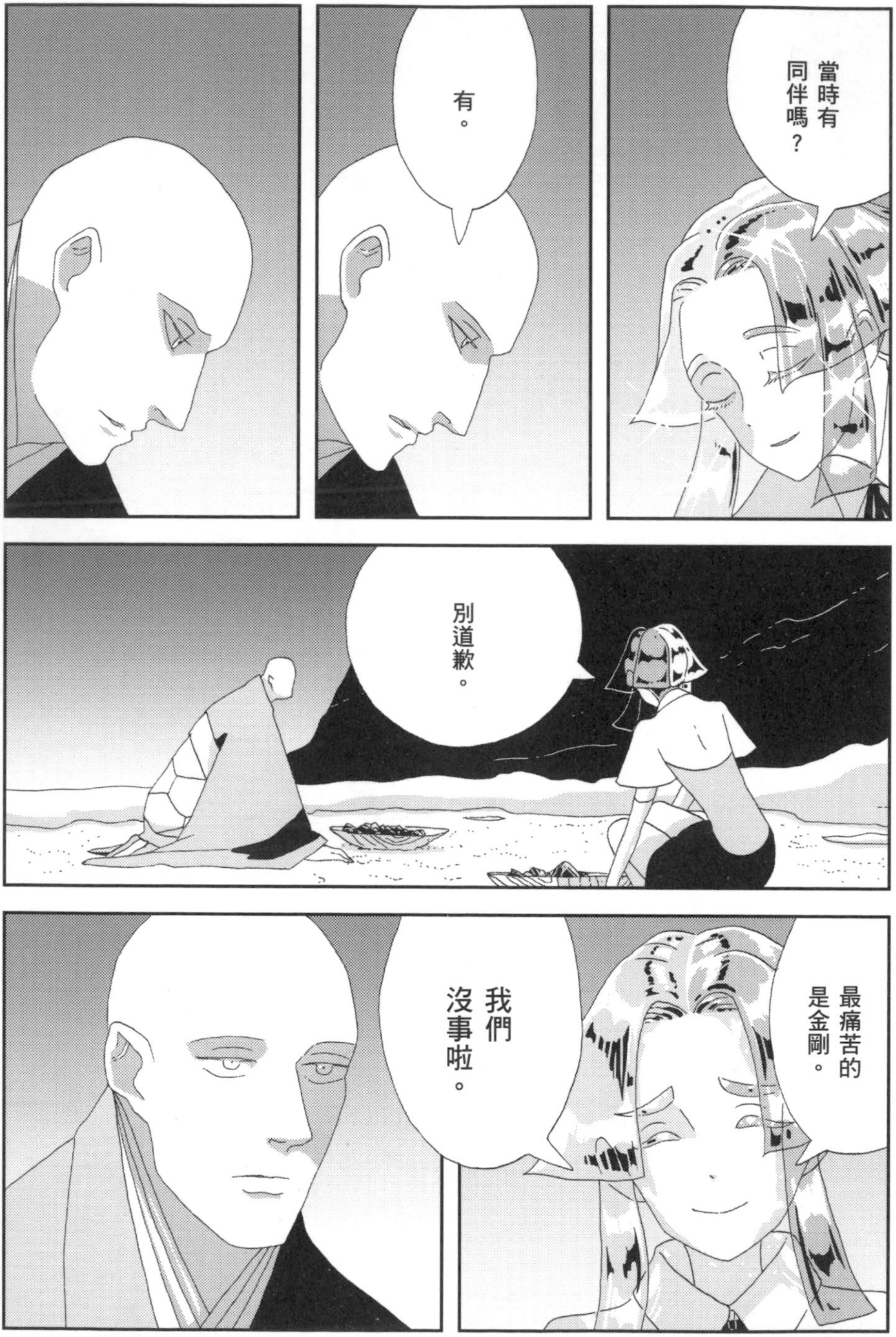
當時有同伴嗎？
有。
別道歉。
最痛苦的是金剛。
我們沒事啦。

這春天真不錯。
似乎有什麼好事在等著我們呢。
回去吧。

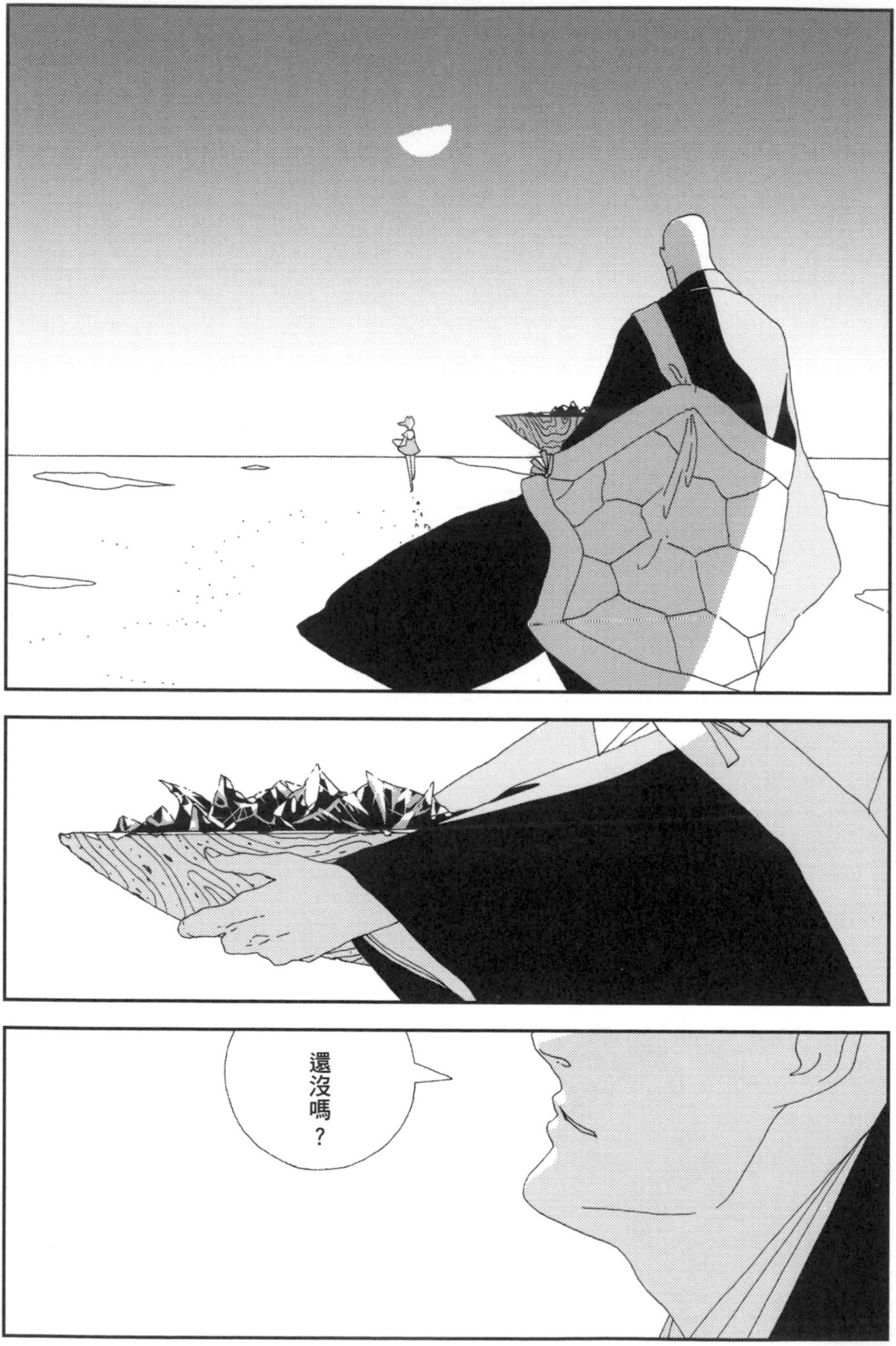
還沒嗎？

艾庫美亞。

來了！
這裡！
這裡！

小金
來這裡！
坐這裡！
一～一～
小金
祝你生日快樂！！

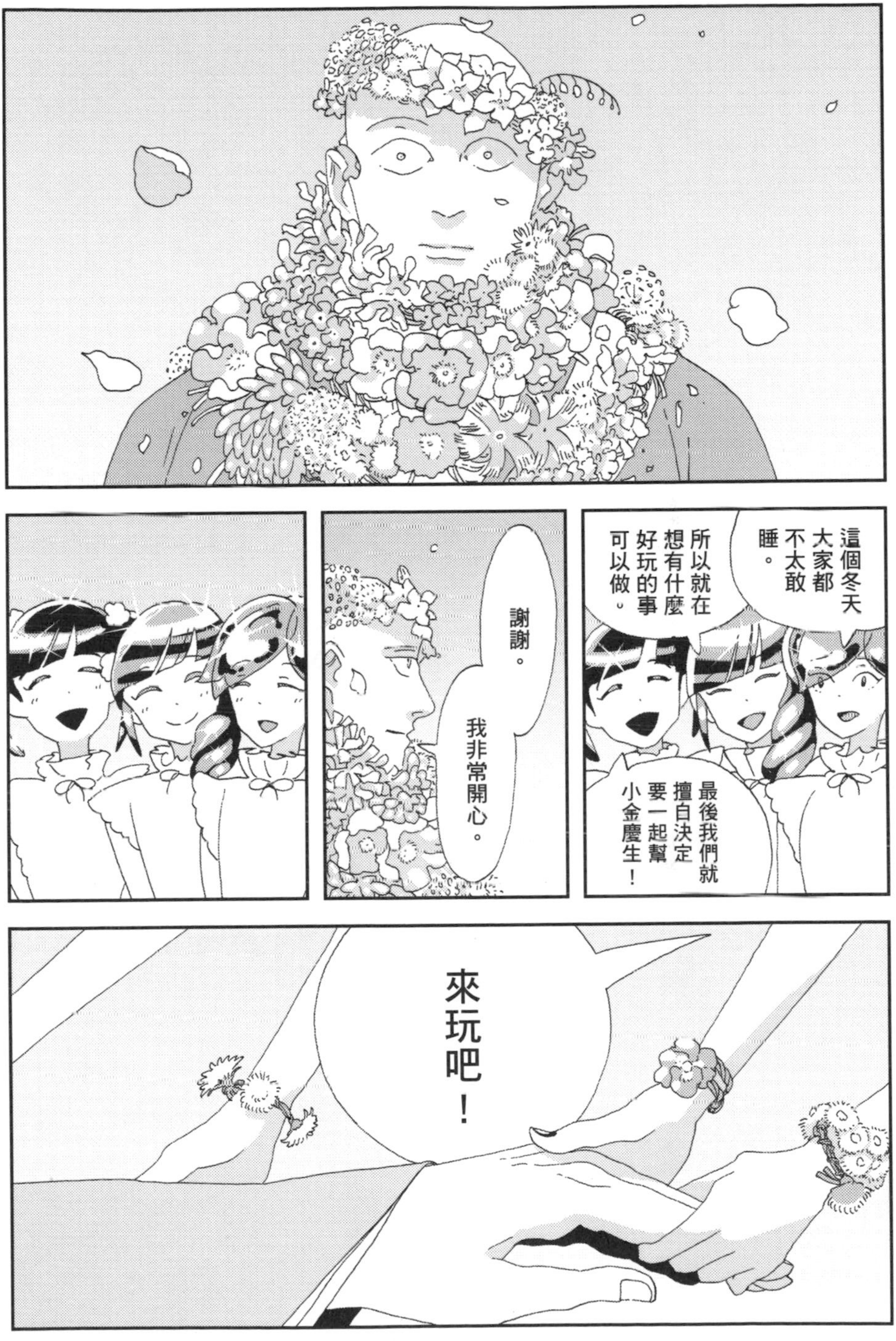
這個冬天大家都不太敢睡。
所以就在想有什麼好玩的事可以做。
最後我們就擅自決定要一起幫小金慶生！
謝謝。
我非常開心。
來玩吧！

不小心睡著了。
已經這個時間了。
肚子好撐。
來收拾吧。
不如明天再收？
今天就當玩樂日吧。
贊成～！
贊成～！
啊。

〔第八十五話　生日〕　終

第八十六話
開戰

照計畫進行。

快回學校！
從我開始吧。
鏗啷
不要嫌我多話，
你如果氣消了，就把大家恢復原狀吧。

回頭
沒、
沒中……？

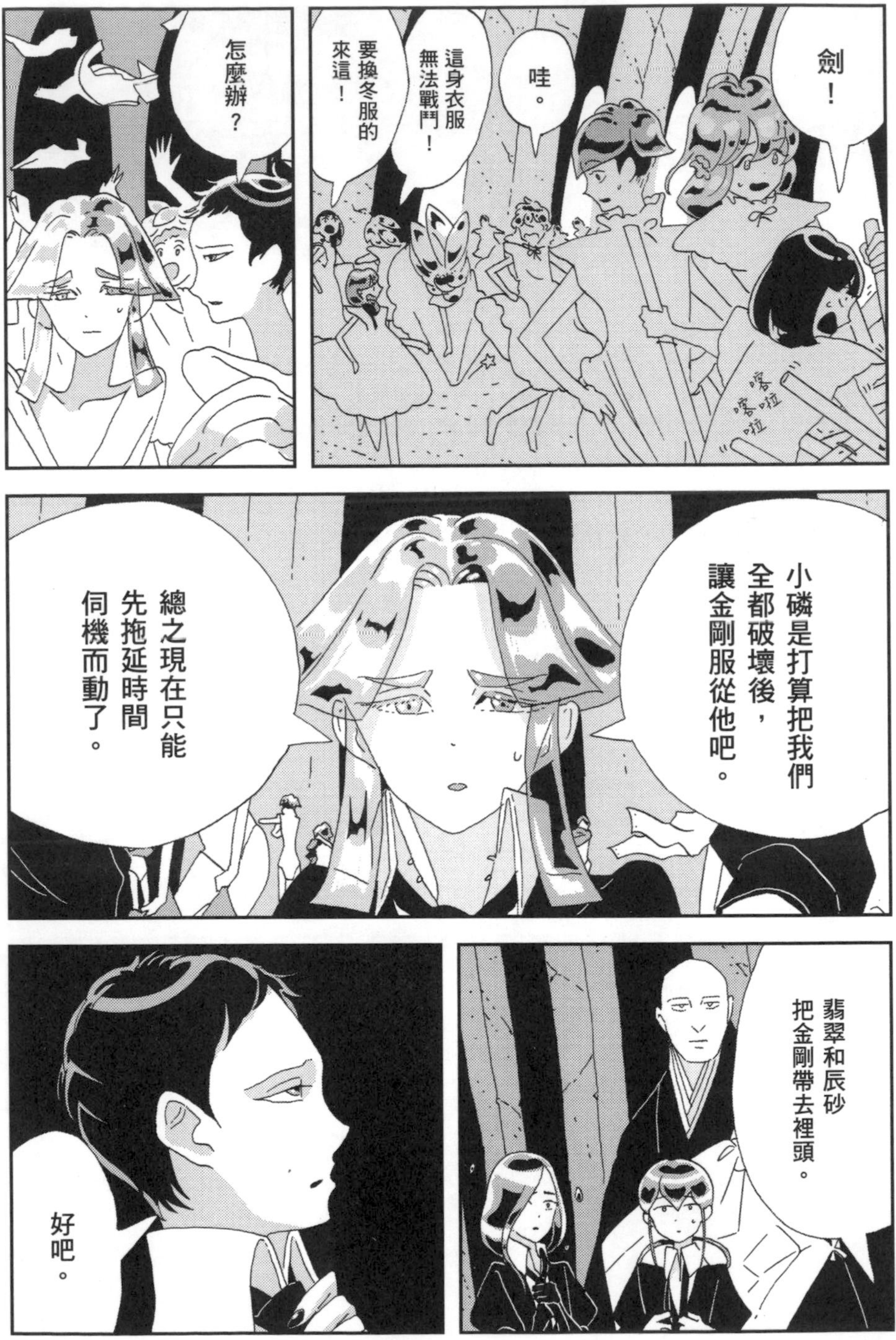
劍！
哇。
這身衣服無法戰鬥！
要換冬服的來這！
喀啦喀啦
怎麼辦？
小磷是打算把我們全都破壞後，讓金剛服從他吧。
總之現在只能先拖延時間伺機而動了。
翡翠和辰砂把金剛帶去裡頭。
好吧。

有不認識的孩子。
是新出生的嗎？
咦？
你看，出來了。
手拿著鞭子。
……………
那個…

怎麼看
都是黑鑽吧。

黑鑽！
幹嘛？
回去。
可是你……！
沒事的。
去吧。
咻
去保護金剛。

可以跟我戰鬥嗎？

我想要贏過你。
以你最擅長的事。
我啊，

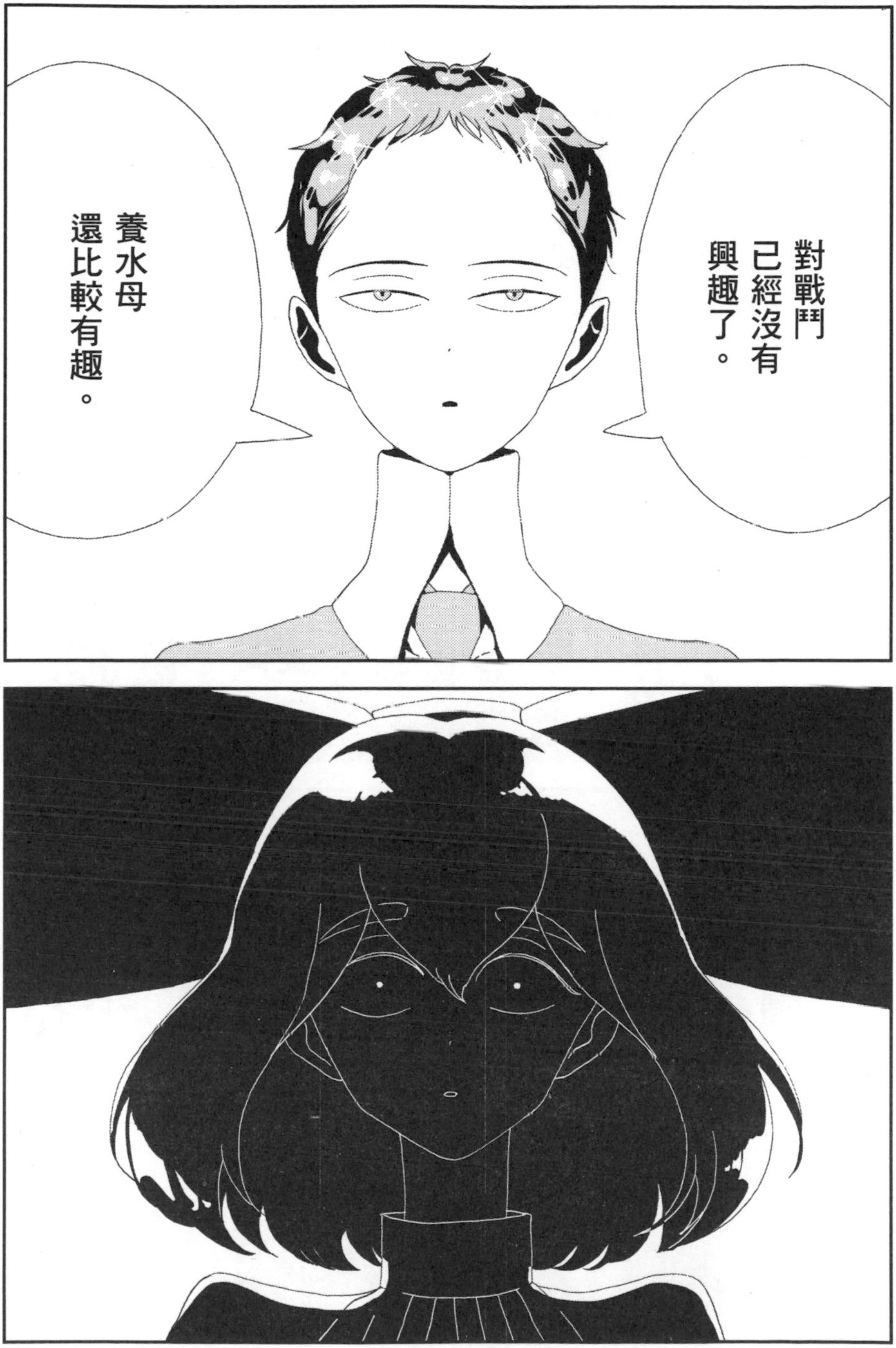
對戰鬥已經沒有興趣了。
養水母還比較有趣。

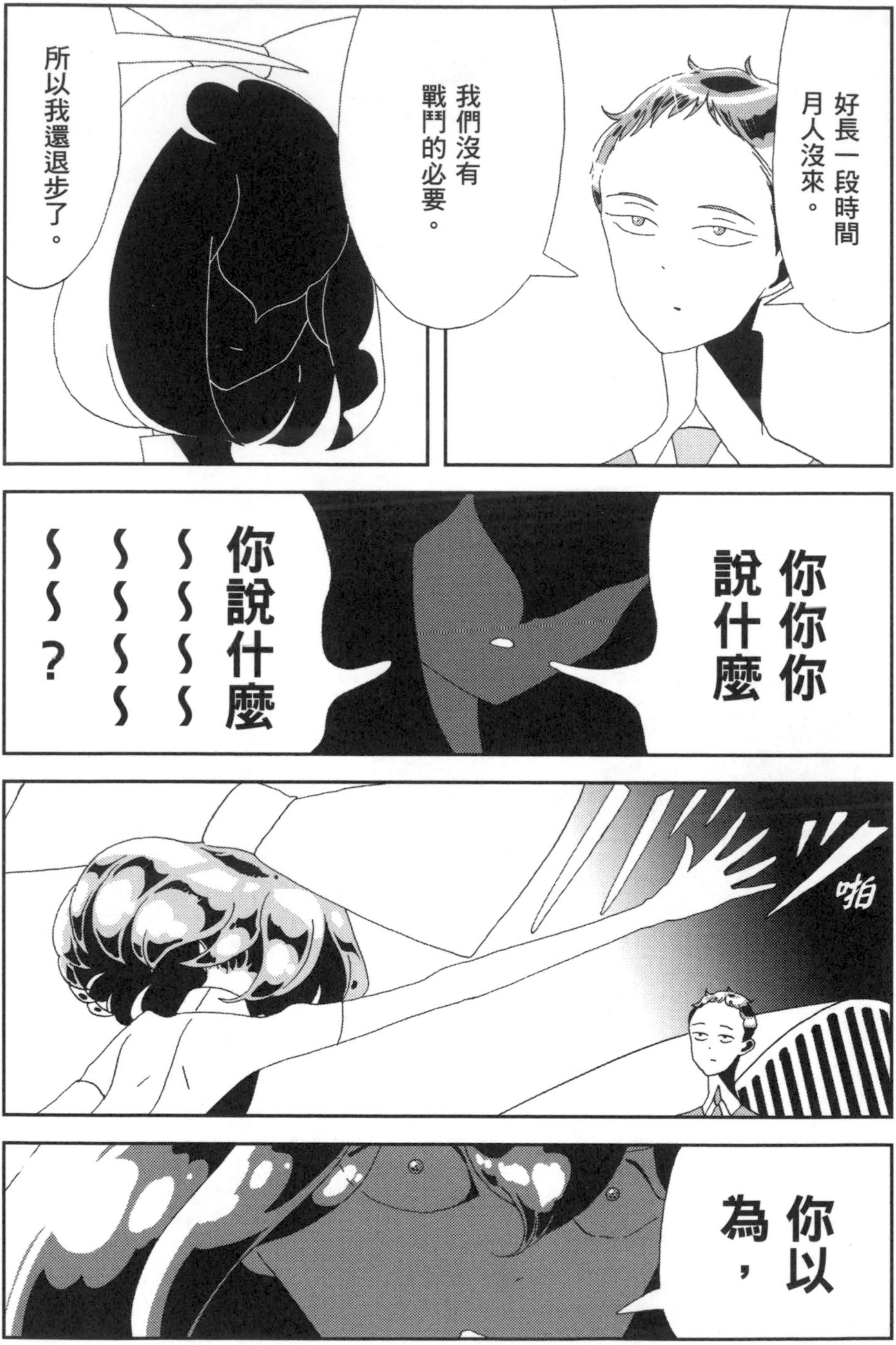
好長一段時間
月人沒來。
我們沒有
戰鬥的必要。
所以我還退步了。
你你你
說什麼
你說什麼
～～～～～～～～～～～～？
啪
你以
為，

哇
我是因為誰才變成這樣的!!
小鑽
我要——
把你毀了!!

〔第八十六話　開戰〕　終

第八十七話
靜寂

啪
啪
啪
捏
抓緊
扯
喀

……加
哇
加油聲！
加油聲不夠啊你們！
混帳東西——！
那個真的是小鑽嗎？
大概是……
大概是……

你變了呢，
哥哥。

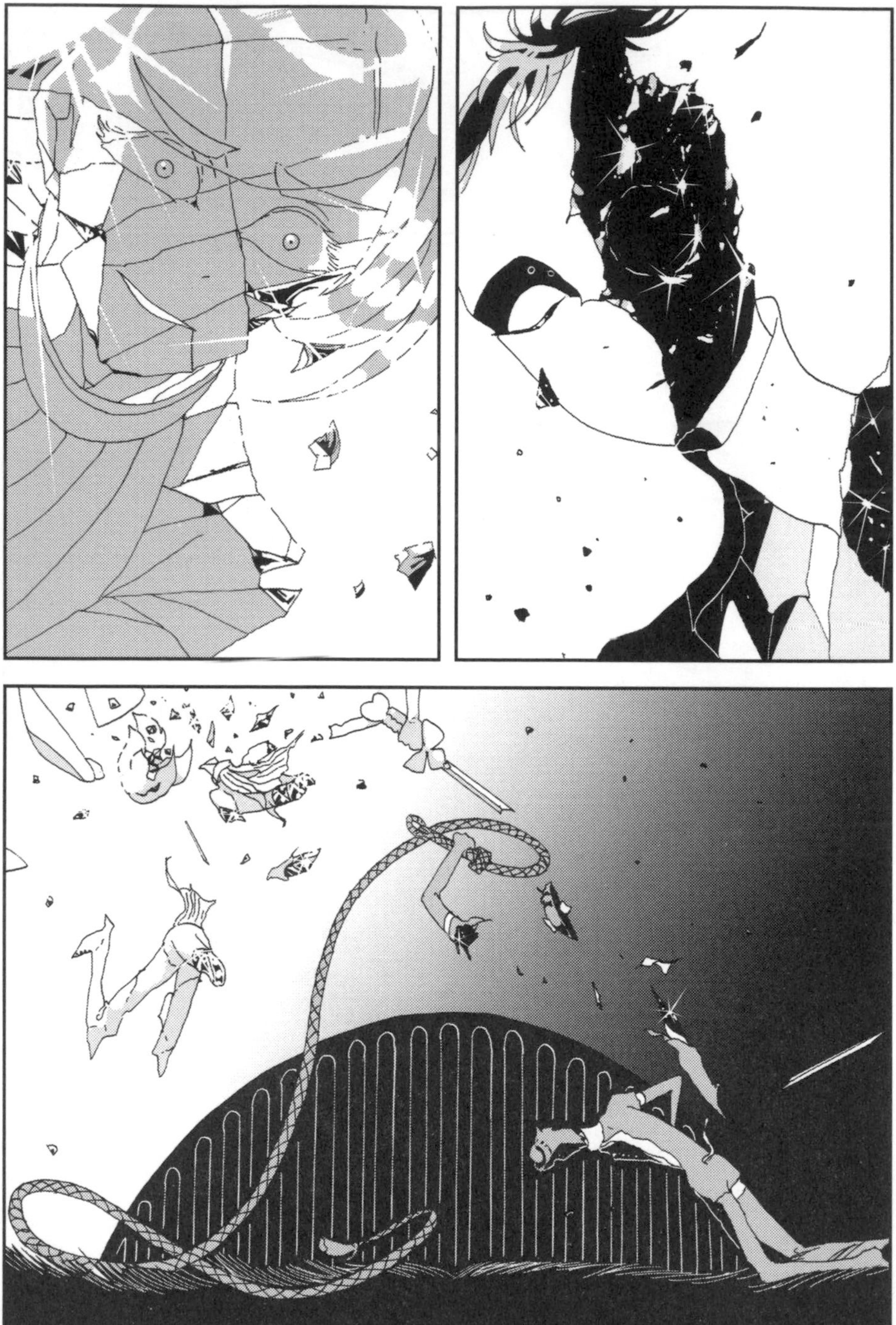

黑鑽！
小鑽！
啊哈哈。
睜眼
喀啦
起身
藍柱！得去回收他們兩個！
可是，
那麼多月人。
啊。

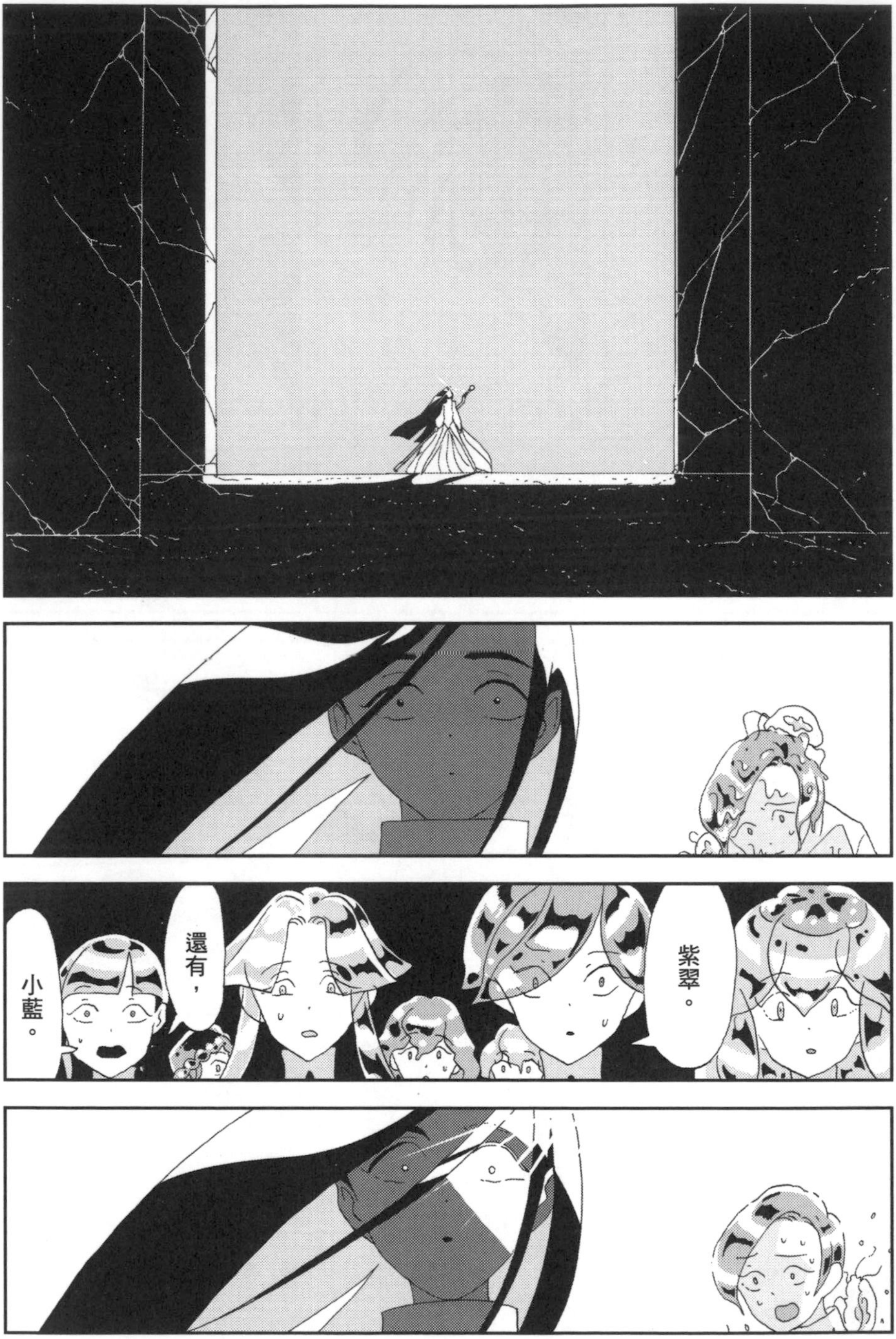
紫翠。
還有，
小藍。

喀嚓
啪哩
利
鏗
啪哩
紫翠！
住手！
喀啦
等等
喀啦
等一下

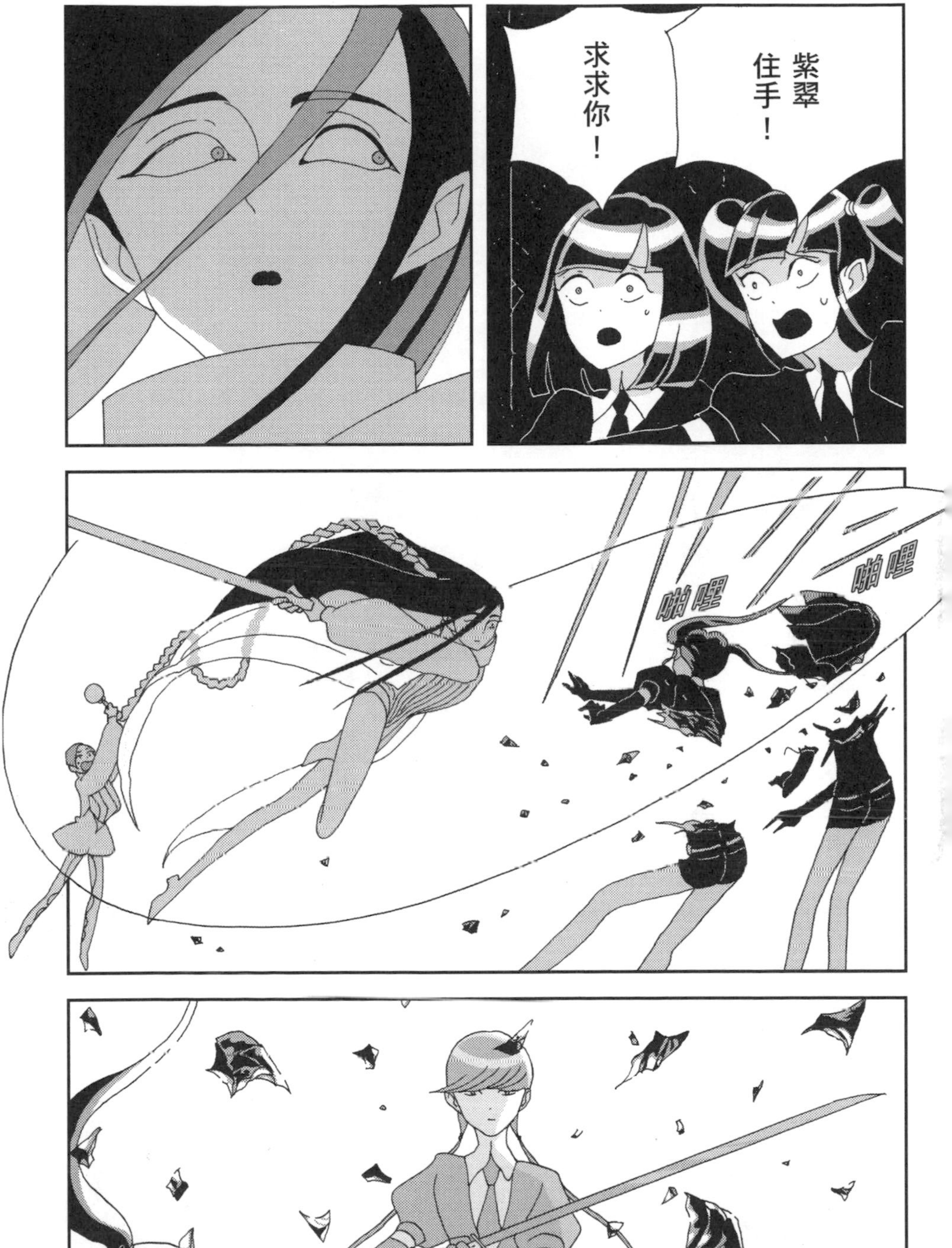
紫翠住手！
求求你！
啪哩
啪哩

我之前！
一直都沒跟你說！

我啊！
老是摸不透你，不喜歡你這種樣子！
好像老是看不起我！
劈
劈
可是，
喀啦
喀
裂

你快逃啊！
裂

啪哩
磅
鏗啷

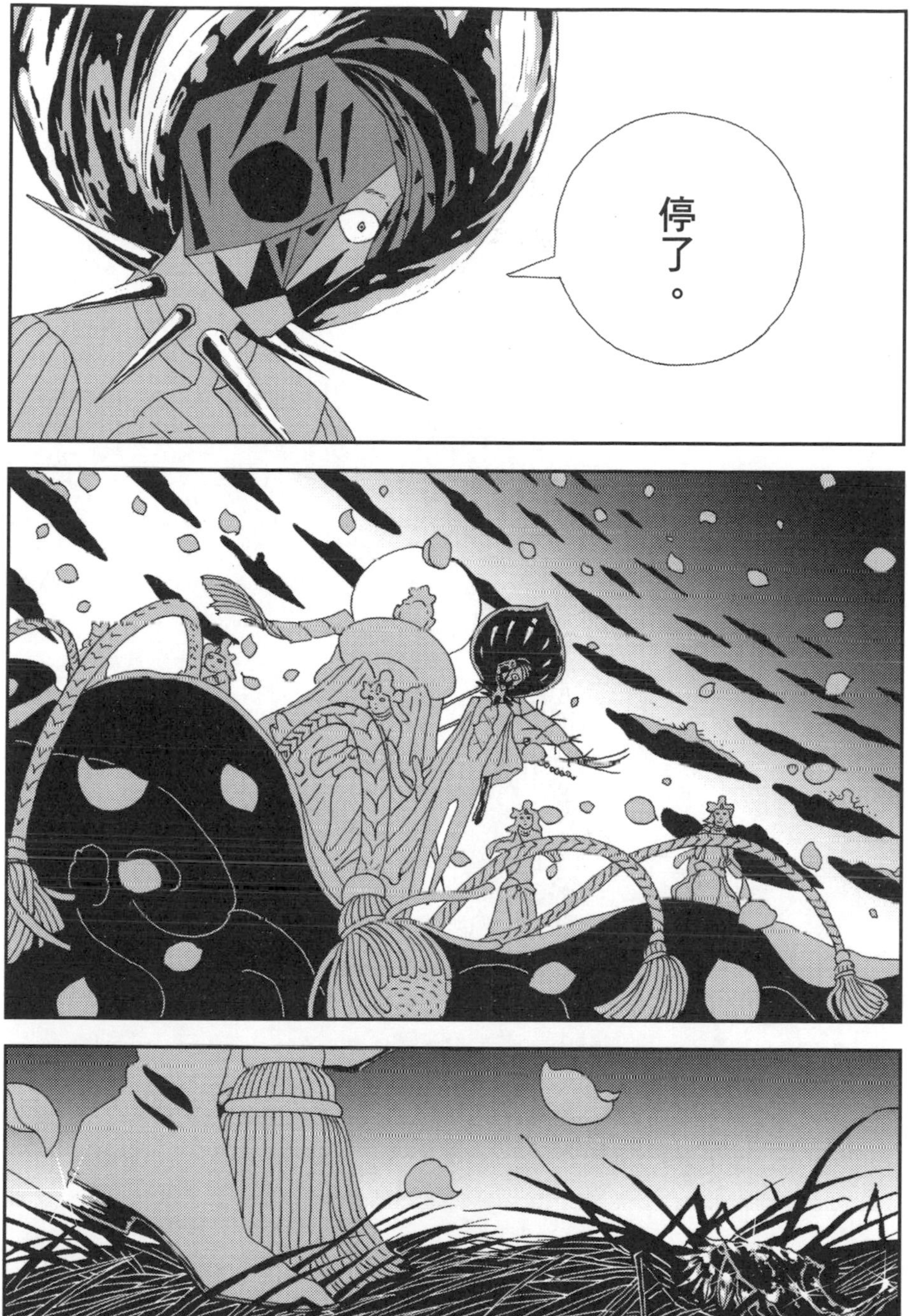
停了。

〔第八十七話　靜寂〕　終

第八十八話 自然・實驗・未來

我要鳳梨蘇打加無花果優格。
脆片多一點。
你咧？
薄荷麝香葡萄加粉紅巧克力加香檳檸檬。
你看！
你有聽到？
嗯。
薄荷麝香葡萄加粉紅巧克力加香檳檸檬還有…
最具人性的情感就是復仇。
嗯。
對吧？
嗯。

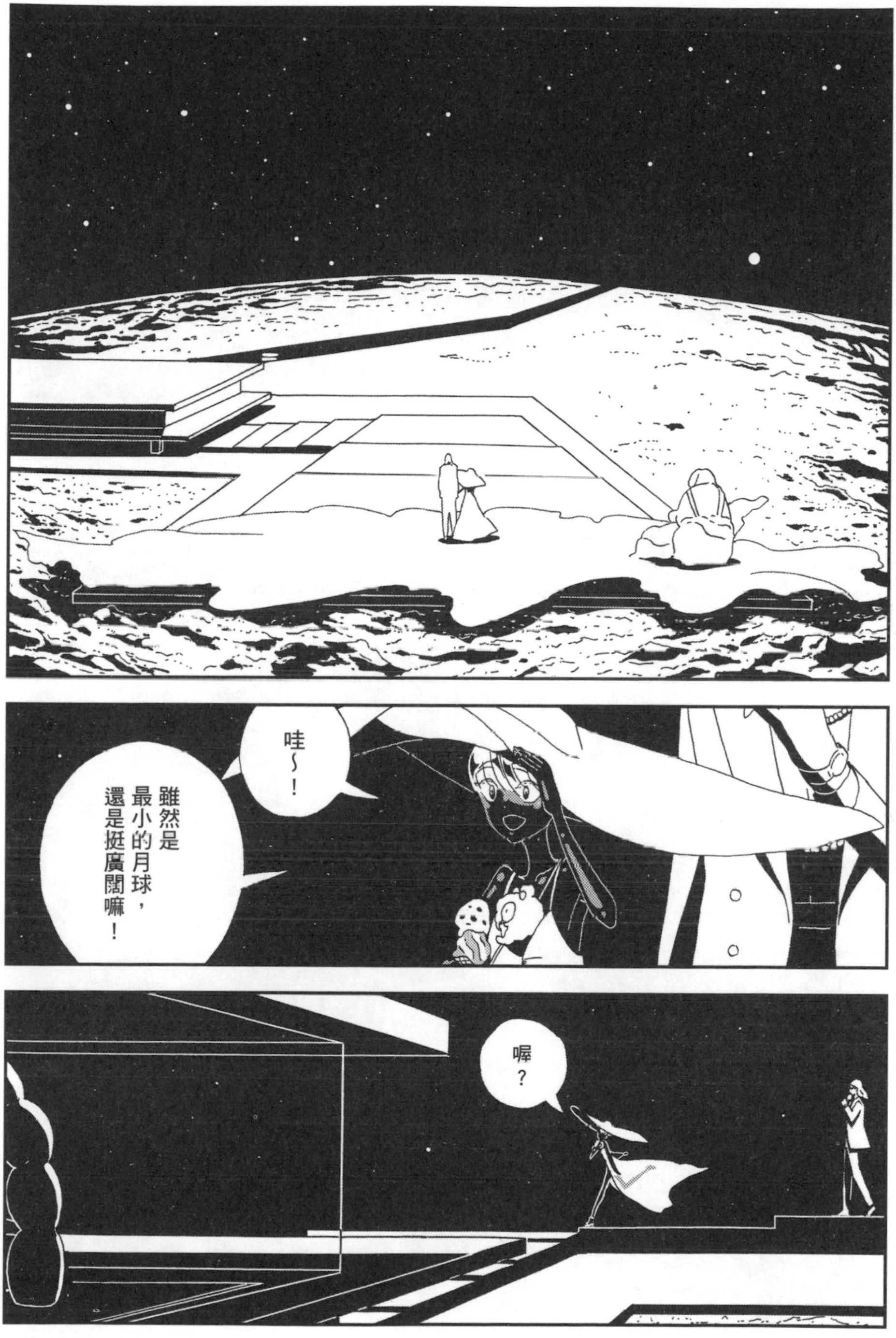
哇~！
雖然是最小的月球，還是挺廣闊嘛！
喔？

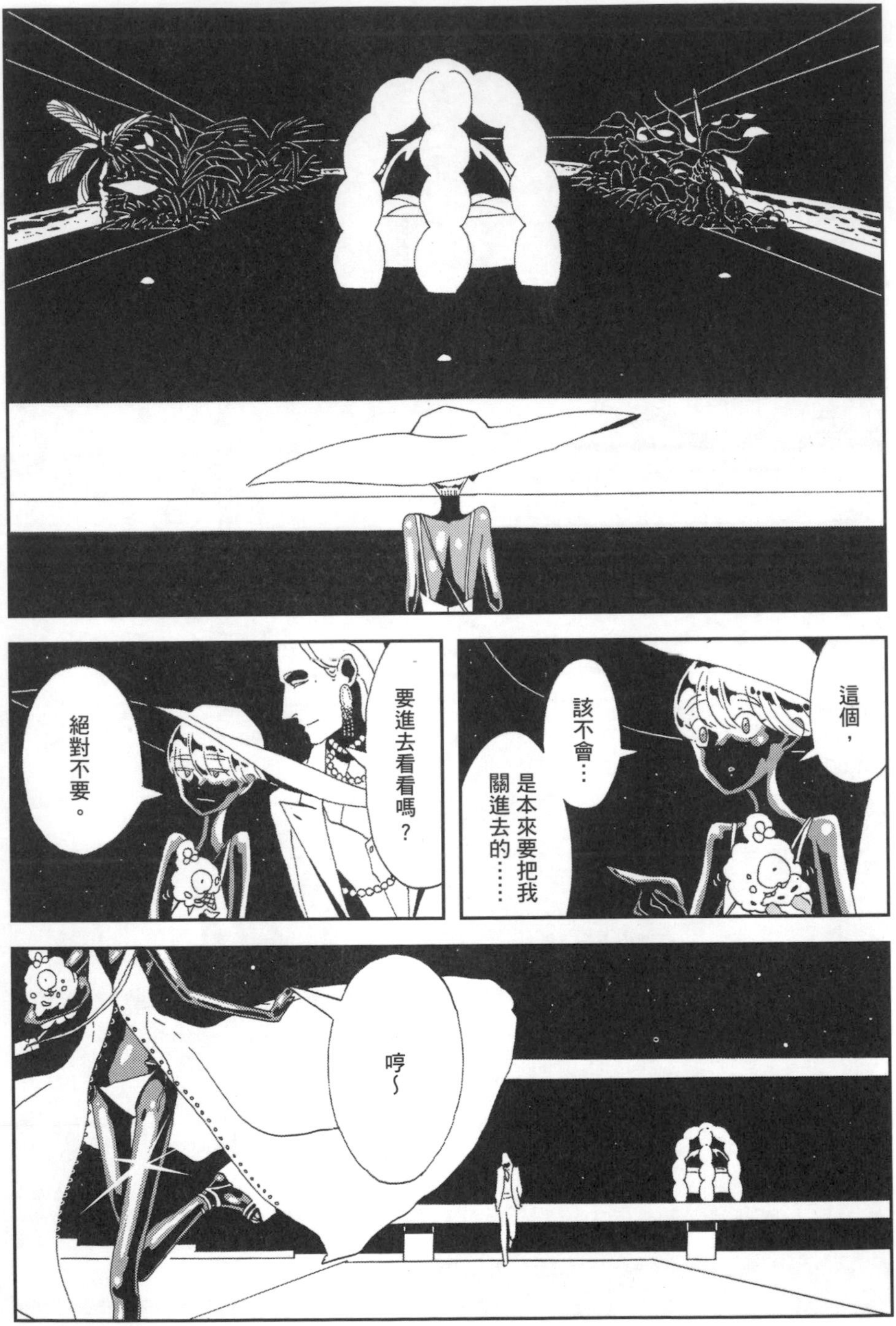
這個，
該不會…
是本來要把我關進去的……
要進去看看嗎？
絕對不要。
哼~

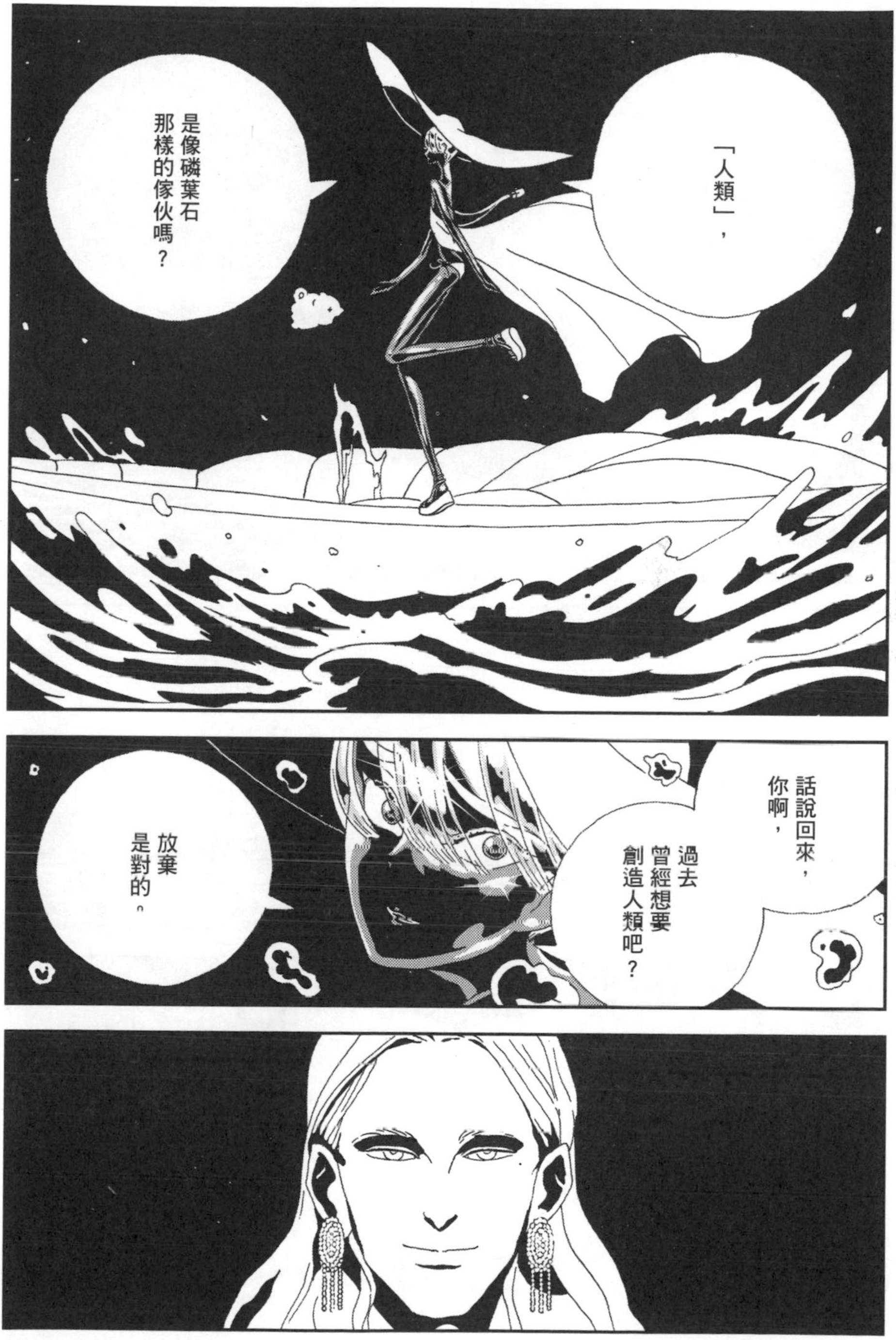
「人類」，
是像磷葉石那樣的傢伙嗎？
話說回來，你啊，過去曾經想要創造人類吧？
放棄是對的。

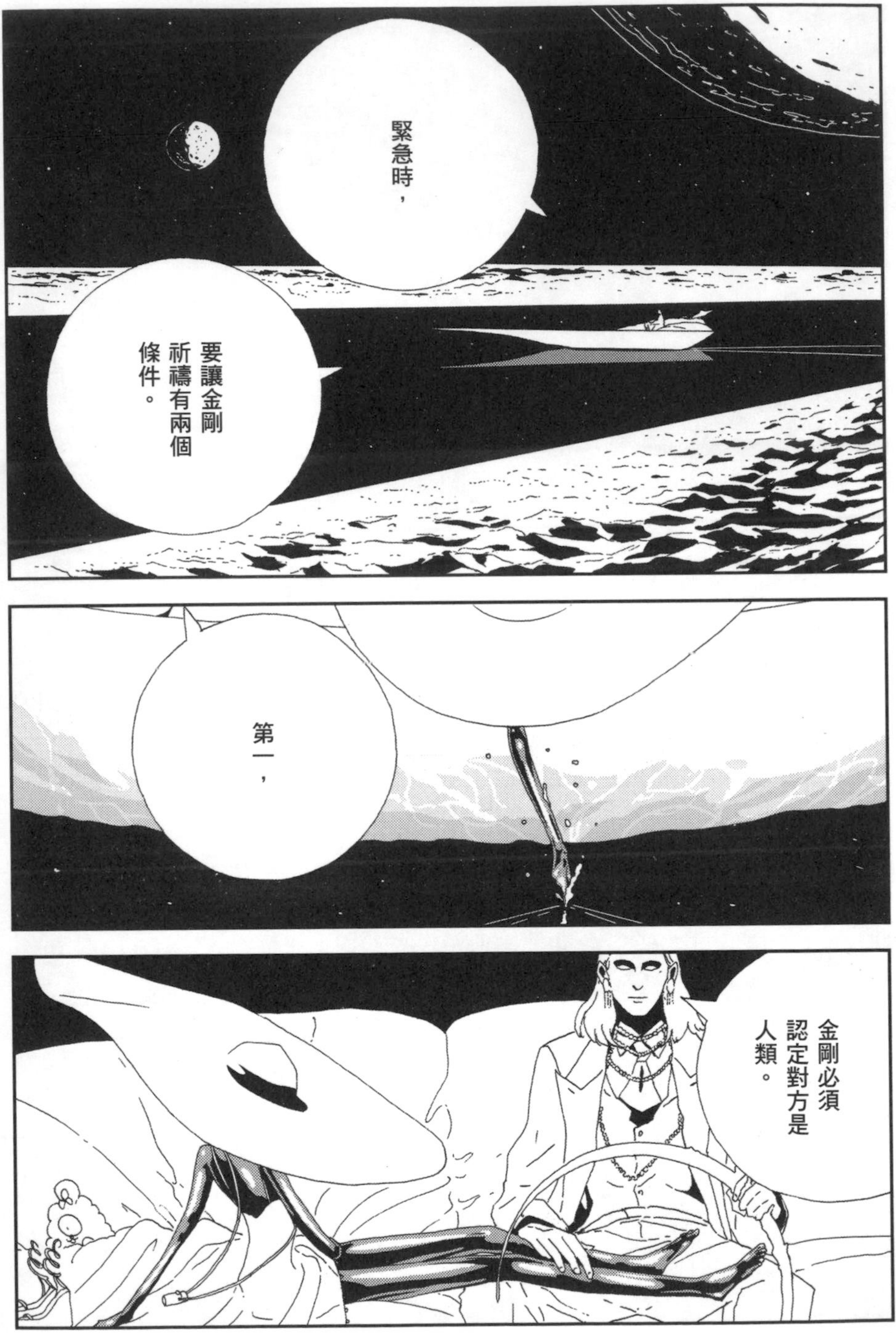
緊急時，
要讓金剛祈禱有兩個條件。
第一，
金剛必須認定對方是人類。

還有一個條件，
打開
得是「他力本願」。※
你對這沒興趣嗎？
有啊有啊。
「他力本願」的意思是，

※譯註：他力本願，為日本淨土真宗大力提倡的思想，不同派別有不同的解釋，但一般來說「他力」原指佛陀、菩薩之力；「本願」原指佛陀、菩薩過去尚未修成正果前立下的誓願，也就是「希望藉由佛陀、菩薩度化眾生的誓願成佛」。

人類相信對人類來說身為「他者」的金剛的力量，而將自己的一切託付給他，
內心虔誠地祈望生命終結。
就是這麼回事。
還是別說這個了？
可以繼續啊？

也就是說，
如果要從外頭有意圖地驅動金剛，
得要有自己主動請求金剛祈禱的人類。
啊不行 鞋子不能吃 喂
咬咬咬
會被庫伊艾塔罵啦
直到最近，
我發現比起真正的智人※，
以寶石為基礎創造的擬似人類，金剛的認定會變比較寬鬆。

※譯註：智人，原文Homo sapiens，為地球上現存唯一的人屬物種。

我可不想變成人類喔!?
不好嗎？
開玩笑的啦。
這樣沒辦法滿足要「自己主動請求」的條件。
更何況人類已經完成了。

磷葉石從他誕生
到現在的三百年間，
心中只懷抱著
和那脆弱的身體
毫不相稱的
自尊需求※。
就連金剛
都賦予不了
他工作，
也沒辦法
找出自己的
角色定位，
是個
空虛的
存在。

※譯註：心理學家馬斯洛提出的需求層次理論之一，也就是對受到他人肯定、認可和尊敬的需求。

這時我察覺到他成為人類的可能性。
你把磷葉石變成了人類嗎！
是的。

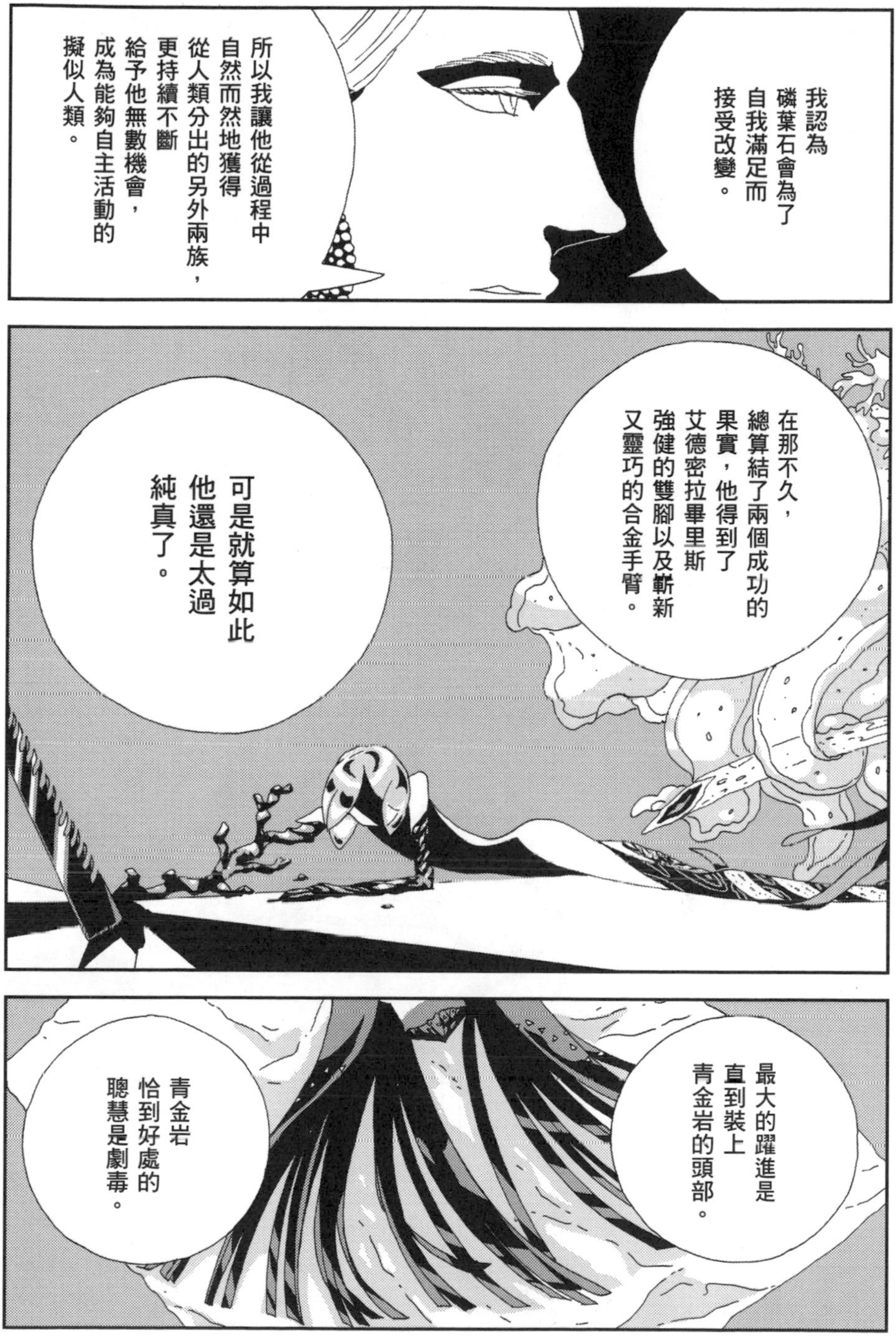
我認為
磷葉石會為了
自我滿足而
接受改變。
所以我讓他從過程中
自然而然地獲得
從人類分出的另外兩族，
更持續不斷
給予他無數機會，
成為能夠自主活動的
擬似人類。
在那不久，
總算結了兩個成功的
果實，他得到了
艾德密拉畢里斯
強健的雙腳以及嶄新
又靈巧的合金手臂。
可是就算如此
他還是太過
純真了。
最大的躍進是
直到裝上
青金岩的頭部。
青金岩
恰到好處的
聰慧是劇毒。

此外，
之所以覺得你很特別，
驚
包括小南、小幽、蓮花剛玉在內，
其他所有的寶石都是照自己的意志積極地幫助磷葉石使他成長。
可是你不同。
你帶著精神疾病，

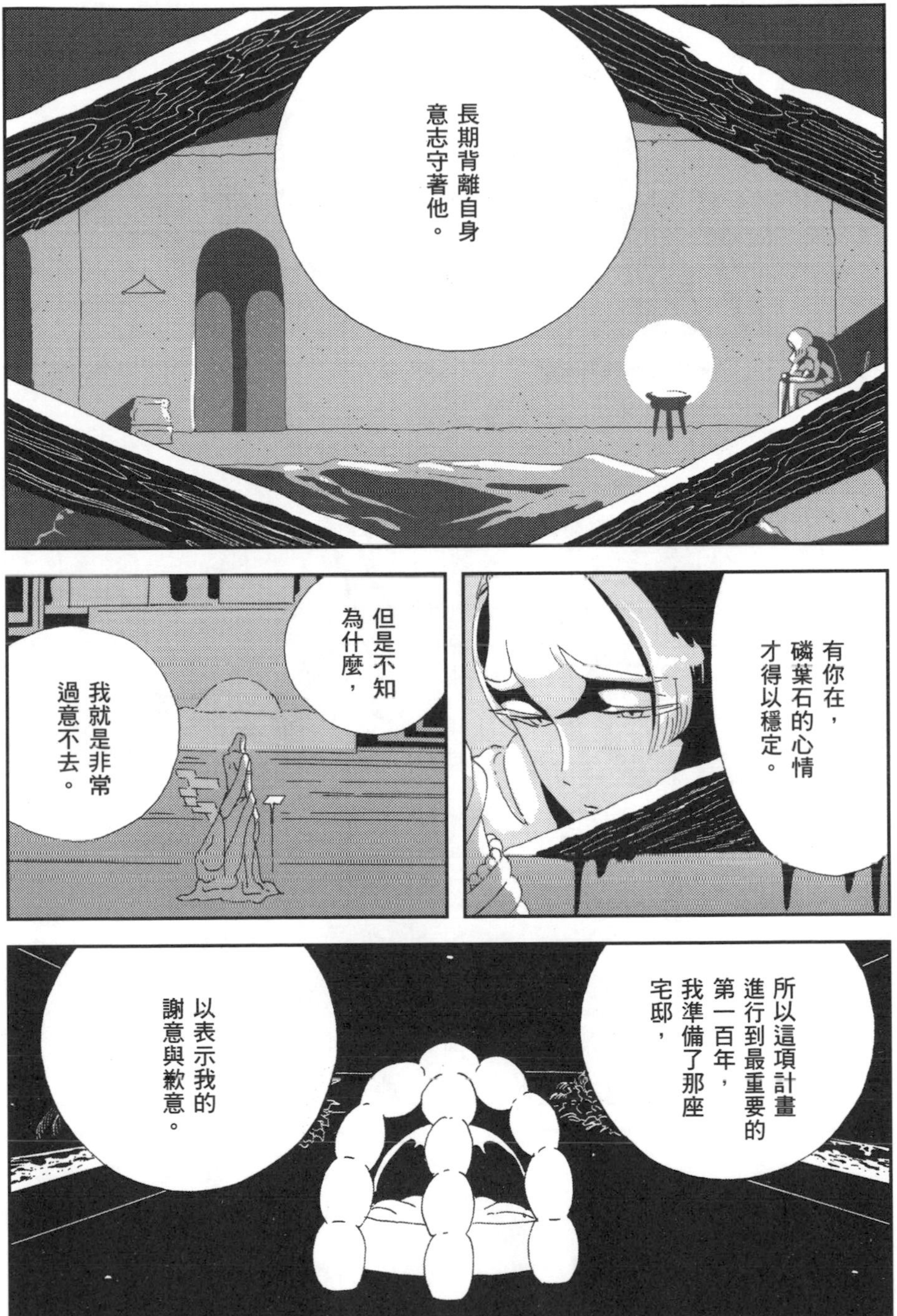
長期背離自身
意志守著他。
有你在，
磷葉石的心情
才得以穩定。
但是不知
為什麼，
我就是非常
過意不去。
所以這項計畫
進行到最重要的
第一百年，
我準備了那座
宅邸，
以表示我的
謝意與歉意。

夾
不過，
那個，
你直說是一見鍾情就好了啊！
鏗
你喜歡上我真是太好了。
混蛋！
害我緊張個半死！

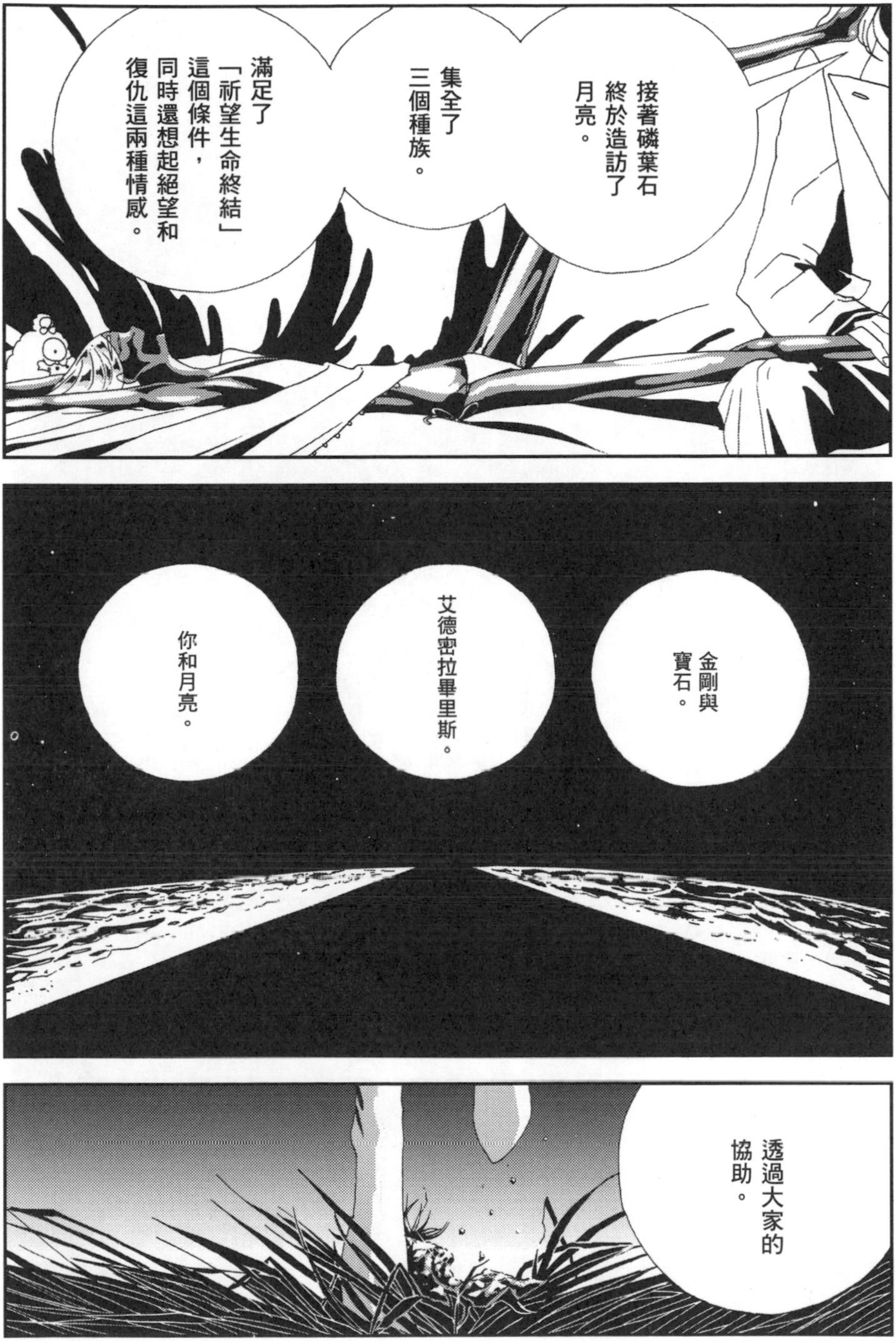
接著磷葉石終於造訪了月亮。
集全了三個種族。
滿足了「祈望生命終結」這個條件，同時還想起絕望和復仇這兩種情感。
金剛與寶石。
艾德密拉畢里斯。
你和月亮。
透過大家的協助。

那孩子
已經長成堂堂的
人類了。

哦是喔。
那這次就會讓金剛啟動了吧。
都在你計畫之中不是很好嗎？
關於這點，
金剛已經不會祈禱了。

前兩次能啟動其實是幸運，但也因此確定故障是極為嚴重的。
已經沒辦法再更進一步了。
你打算怎樣啦！
怎麼辦。
喂！
總之，
就讓那孩子超越人類吧。

要是我說「現在才剛要開始」，
你相信嗎？
如果，

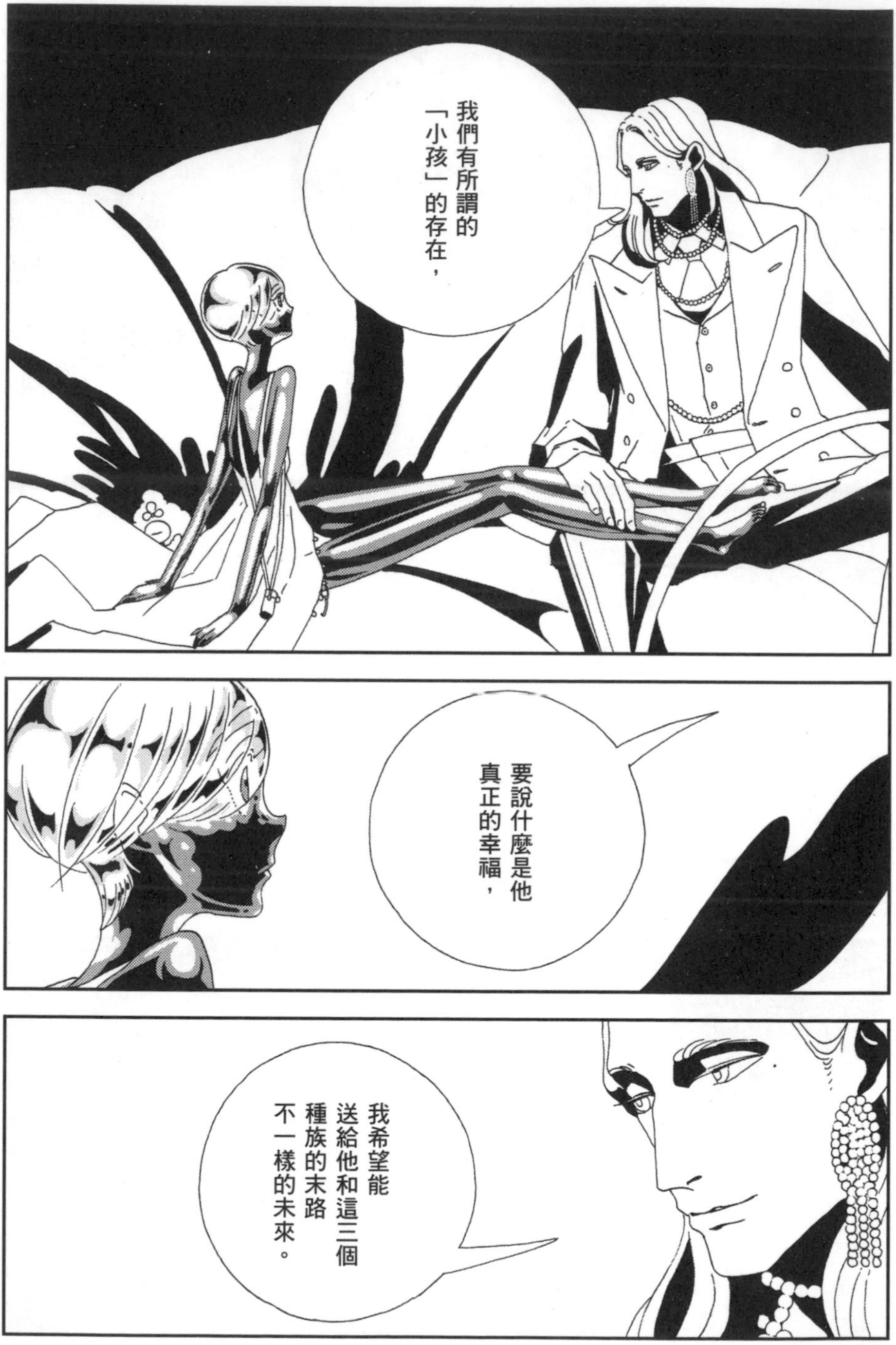
我們有所謂的「小孩」的存在，
要說什麼是他真正的幸福，
我希望能送給他和這三個種族的末路不一樣的未來。

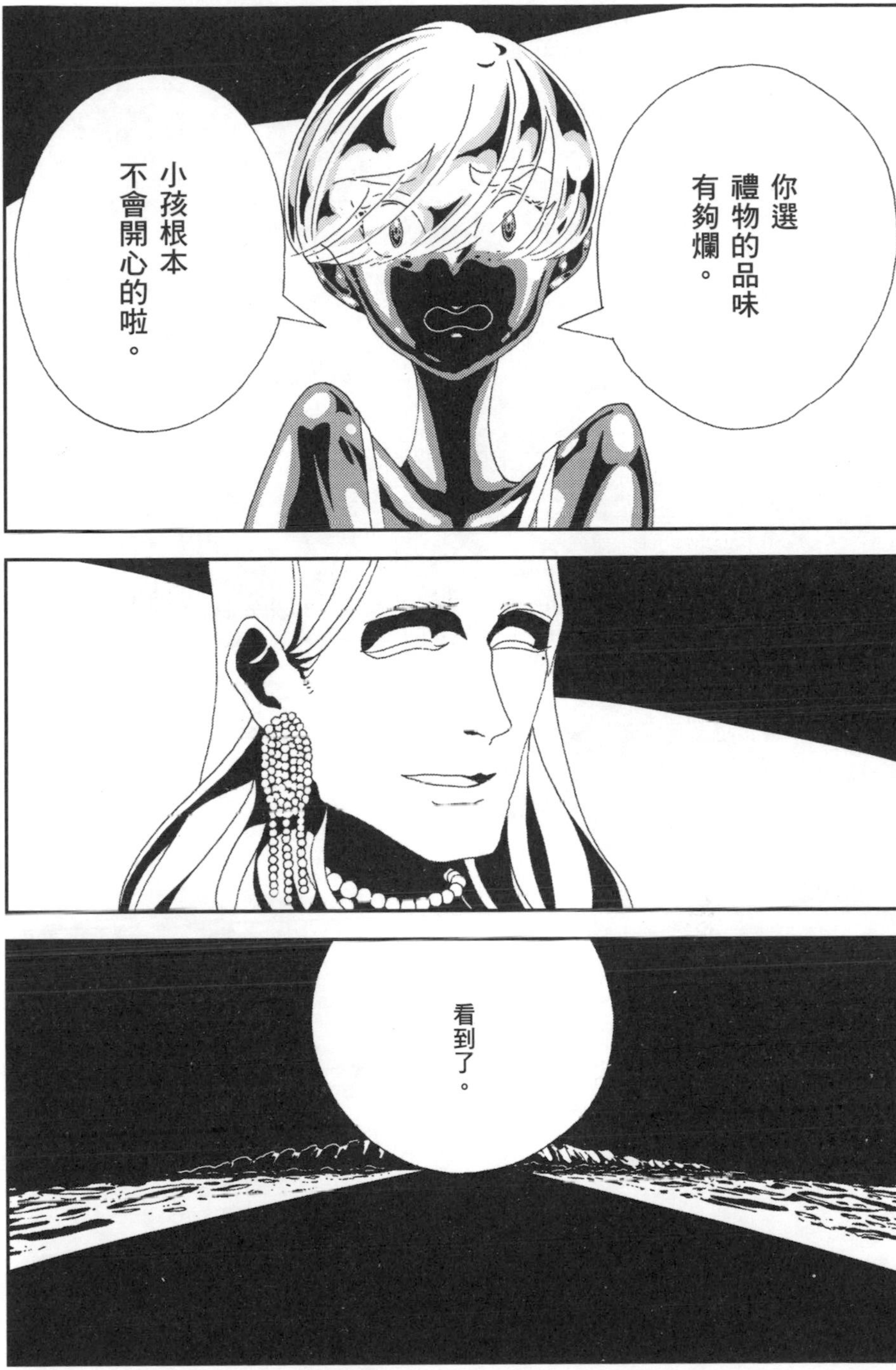
你選禮物的品味有夠爛。
小孩根本不會開心的啦。
看到了。

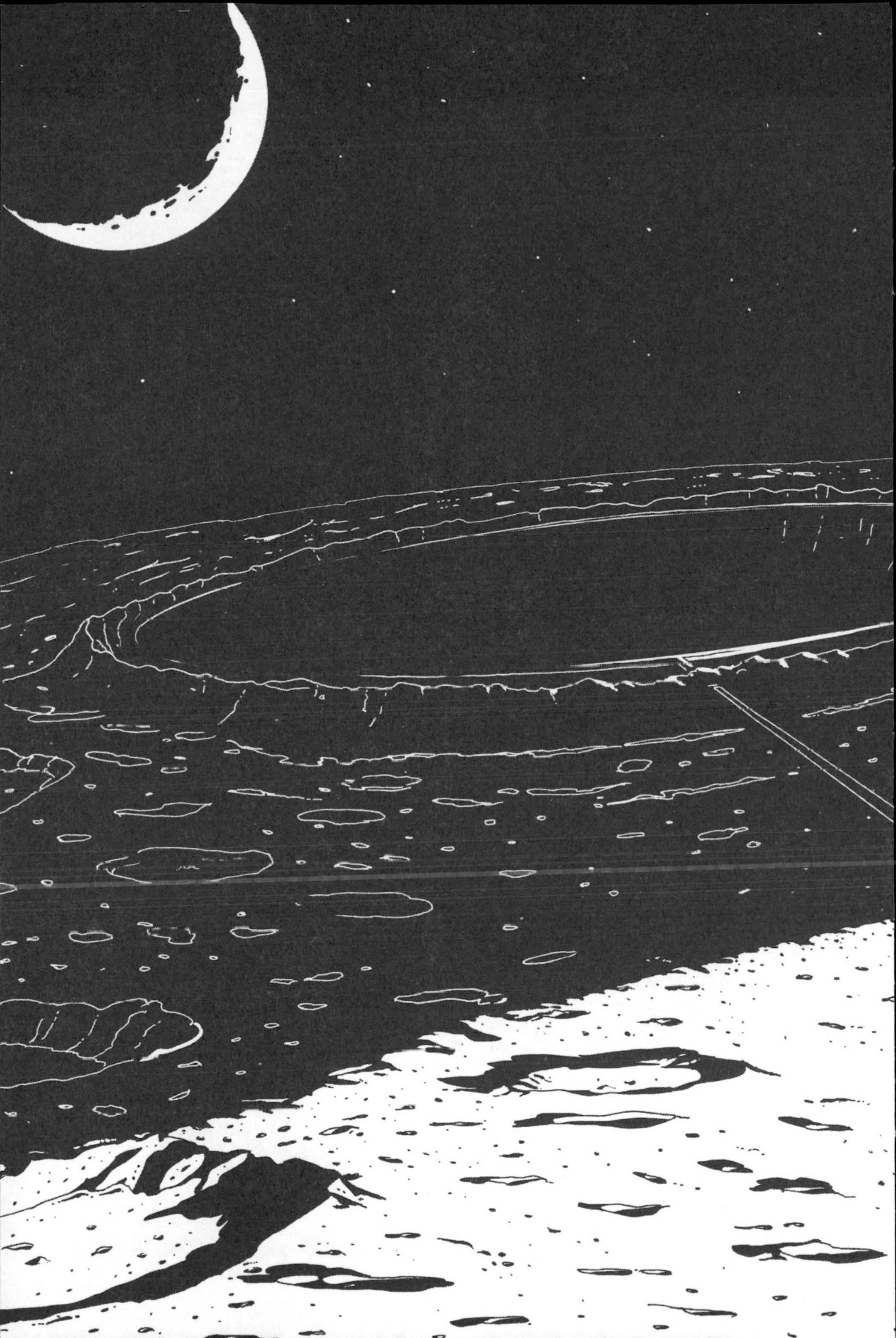

這是六顆月亮裡最深的隕石坑。
在深處有純度很高的冰層。
哼—嗯—
那，這又怎麼樣啦？
你看這個。

……真的假的？
寶石的記憶似乎喜歡純度高的結晶。
巴爾巴塔他們會過來，希望你能幫忙解析。
對了，說到了「冰」，
算了。
這話題等回來再說吧。

〔第八十八話　自然・實驗・未來〕　終

年輕之國

摩根～！幫我一下～！
OK～
好唷～
摩根，這是明天的部分～
好的～
摩根，接下來是這裡～！
好
摩根，摩根～！
好
摩根做事很認真，幫了我們不少忙呢。
既開朗又機靈。
明明年紀最小，真是了不起啊。
糟糕！
長年裝年輕又一直依賴前輩，
沒有我們的位置了。
哼哼哼……
還不只是那樣……
那聲音是……！
格外成熟的後輩錯石！
沒錯。
摩根做事認真以外也沒有失去他的清新感。
搞什麼根本贏不了他嘛。
那，乾脆跟他撒嬌吧？
摩根～～！
關心我們嘛～～～!!
沒事沒事
這樣就好。

完結

ISBN 978-986-235-995-2

售價： 699 元

本書如有缺頁、破損、倒裝，請寄回更換

PaperFilm FC2065G

宝石之国 11 特裝版

2021 年 8 月　一版一刷

作　　者／市川春子
譯　　者／謝仲庭
責任編輯／謝至平
行銷企劃／陳彩玉、楊凱雯、陳紫晴
中文版裝幀設計／馮議徹
排　　版／傅婉琪
編輯總監／劉麗真
總 經 理／陳逸瑛
發 行 人／凃玉雲
出　　版／臉譜出版
城邦文化事業股份有限公司
台北市民生東路二段141號5樓
電話：886-2-25007696　傳真：886-2-25001952
發　　行／英屬蓋曼群島商家庭傳媒股份有限公司城邦分公司
台北市中山區民生東路二段141號11樓
客服專線：02-25007718；25007719
24小時傳真專線：02-25001990；25001991
服務時間：週一至週五上午09:30-12:00；下午13:30-17:00
劃撥帳號：19863813　戶名：書虫股份有限公司
讀者服務信箱：service@readingclub.com.tw
城邦網址：http://www.cite.com.tw
香港發行所／城邦（香港）出版集團有限公司
香港灣仔駱克道193號東超商業中心1樓
電話：852-25086231　傳真：852-25789337
新馬發行所／城邦（新、馬）出版集團
Cite（M）Sdn. Bhd.（458372U）
41-3, Jalan Radin Anum, Bandar Baru Sri Petaling,
57000 Kuala Lumpur, Malaysia.
電話：603-90563833　傳真：603-90576622
電子信箱：services@cite.my

作者／市川春子

以投稿作《蟲與歌》（虫と歌）榮獲Afternoon 2006年夏天四季大賞後，以《星之戀人》（星の恋人）出道。首部作品集《蟲與歌　市川春子作品集》獲得第十四屆手塚治虫文化賞新生賞，第二部作品《二十五點的休假　市川春子作品集2》（25時のバカンス 市川春子作品集 2）獲得漫畫大賞2012第五名。《寶石之國》是她首部長篇連載作品。

譯者／謝仲庭

音樂工作者、吉他教師、翻譯。熱愛音樂、書本、堆砌文字及轉化語言。譯有《悠悠哉哉》、《攻殼機動隊1.5》、《Designs》等。
